Der kleine Vogel von Hiroshima

von Andreas Petz

Weitere Bücher von Andreas Petz:

Auf dem Meer gibt es keine Kreuze
ISBN 978 3 903056 12 1

Der Pfirsichblütenfisch
ISBN 978 3 903056 24 4

Fridolin, der Fliegenpilz
ISBN 978 3 903056 61 9

Das Regenbogenschüsselchen
ISBN 978 3 735725 76 9

Das Tal der Apfelbäume
ISBN 978 3 744896 25 2

Schneeflöckchens Traum und andere Kurzgeschichten
ISBN 978 3 848232 78 9

Der Schatz am Stöckichsee
ISBN 978 3 732262 09 0

Winter- und Weihnachtsgeschichten und Gedichte
ISBN 978 3 734730 68 9

Der kleine Vogel von Hiroshima

Kurzgeschichten
von Andreas Petz

Impressum

Bibliografische Information der Deutschen Nationalbibliothek:
Die Deutsche Nationalbibliothek verzeichnet diese Publikation in der Deutschen Nationalbibliografie; detaillierte bibliografische Daten sind im Internet über http://dnb.dnb.de abrufbar.

© 2021 Andreas Petz

Korrektorat: Angela Hochwimmer

Herstellung und Verlag: BoD – Books on Demand, Norderstedt

ISBN: 978-3-7534-4616-5

Inhaltsverzeichnis

Leberkäs mit Spiegelei……………………………… 7

Ein Lebenszeichen aus der Vergangenheit……….. 19

Der gelbe Wind…………………………………. 24

Der Kloane………………………………………... 32

Großvaters Teddy………………………………. 38

Der Inhalt meiner Träne………………………… 44

Der kleine Vogel von Hiroshima……………….... 46

Und der Wind sang ein Lied…………………….. 50

Tautröpfchens Tod………………………………... 57

Die Tränensammler……………………………….... 59

Ein Lächeln zu Weihnachten……………………. 73

Muttertag……………………………………….. 82

Ein Stückchen Torte für fünf Mark……………… 84

Das blaue Tuch der Ewigkeit……………………. 87

Vita

Andreas Petz wurde 1962 in Stuttgart geboren. Wenig später zog die Familie aufs Land und Petz wuchs auf der Hohenloher Ebene auf. Nach dem Abschluss der Mittleren Reife und seiner Lehre war Andreas Petz zwei Jahre bei der Marine. Eine lehrreiche und stürmische Zeit, die ihn um die halbe Welt führte. Anschließend bildete er sich nach der Tagesarbeit weiter und ist seit über 30 Jahren im Finanzbereich tätig.

Das Schreiben war schon immer ein Hobby von ihm: Gedichte, Liedtexte, Kurzgeschichten und Erzählungen. Mittlerweile sind schon einige Bücher von ihm erschienen, die gerne gelesen werden.

Andreas Petz ist geschieden, hat zwei erwachsene Kinder und lebt heute in Gammesfeld, dem Ort mit der kleinsten Bank Deutschlands.

Leberkäs mit Spiegelei

*D*a saß er, einsam und allein, ein alter Mann mit grauem, fast weißem Haar. Der Anzug, den er trug, war zwar, genau wie er selbst, sehr gepflegt, aber doch schon etwas aus der Mode.

Dennoch war ich von diesem Anblick wie gebannt. Ich war im Zugrestaurant und der alte Mann saß an einem Tisch in der Ecke, etwa 5 Meter von mir entfernt. Ich beobachtete ihn schon länger und begann mir etwas Sorgen zu machen, denn der Mann saß seit etwa 5 Minuten völlig unbeweglich da und schaute auf den Teller, den der Kellner vor eben diesen 5 Minuten vor ihn hingestellt hatte.

Auf dem Teller war eine große Scheibe gebackener Leberkäse und obenauf ein Spiegelei. Ich dachte: Warum beginnt er nicht zu essen, der Leberkäse und das Spiegelei werden doch kalt. Oder will er das vielleicht?

Als weitere 2 Minuten vergangen waren und der Mann sich noch immer nicht bewegt hatte, nahm ich mein Glas mit Mineralwasser, das mir der Kellner gerade gebracht hatte, und ging zu dem Mann hin.

„Ist alles in Ordnung, mein Herr?", fragte ich vorsichtig, um ihn nicht zu erschrecken. Langsam, ganz langsam hob er den Kopf, gerade so, als würde er aus einem tiefen Traum oder einer weit entfernten, mir fremden Welt auftauchen. Er sah mich an und da entdeckte ich eine Träne in seinem Auge.

„Ja", sagte er und nickte dabei langsam und noch halb abwesend mit dem Kopf, „jetzt ist alles in Ordnung!" Er deutete mit der Hand auf den Stuhl auf der anderen Seite des Tisches und forderte mich auf: „Bitte, nehmen Sie doch Platz!"

Ich setzte mich auf den Stuhl, deutete auf seinen Leberkäs mit Spiegelei und sagte: „Warum essen Sie denn nicht? Ihr Essen wird doch kalt."

„Oh, ich darf nicht", antwortete er lächelnd, „der Arzt hat mir verboten, Leberkäs mit Spiegelei zu essen. Er meinte, es würde mich umbringen." Er begann herzhaft zu lachen.

Ich hatte daraufhin wohl ein sehr dummes Gesicht gemacht, denn er begann noch immer lachend zu erklären: „Sie wundern sich jetzt, warum ich mir den Leberkäs mit Spiegelei bestellt habe, wo ich ihn doch gar nicht essen darf und das auch nicht tue." Ich nickte und er fuhr fort: „Das ist eine längere Geschichte, aber wenn Sie Zeit haben?"

„Ja, ich habe Zeit. Ich fahre mit diesem Zug bis nach Hamburg und wir sind jetzt noch nicht einmal in Fulda."

„Hamburg", meinte er, „da haben wir das gleiche Reiseziel. Wissen Sie", fuhr er fort, „Leberkäs mit Spiegelei zu bestellen, das ist für mich wie ein

Zwang, das kommt aus meinem Inneren und ich kann nichts dagegen tun. Bewusst wird mir das meist erst, wenn ein Kellner oder eine Kellnerin mir den Leberkäs mit Spiegelei serviert und dann …" er machte eine Pause und begann tief zu seufzen, „ja, dann tauche ich weit hinab in meine Vergangenheit, in eine Zeit, in der mich der Gedanke, nein, es war wohl eher die Vorstellung von einem Leberkäs mit Spiegelei am Leben hielten."

Dieser Mann faszinierte mich und ich war sehr gespannt auf seine Geschichte. Er ließ mich auch nicht lange warten, sondern erzählte weiter.

„Als ich ein kleiner Junge war, lebte ich mit meiner Mutter in Hamburg. Mein Vater musste, wie seinerzeit viele junge Männer, als Soldat an die Front, denn der Zweite Weltkrieg war in vollem Gange. Immer häufiger fielen Bomben auf die Stadt.

Aus dieser Zeit ist mir vor allem eines in Erinnerung geblieben. Mein Vater hatte einen kurzen Fronturlaub und zur Feier des Tages gab es zum Abendessen sein Leibgericht, Leberkäs mit Spiegelei. Ich weiß nicht, wie meine Mutter es fertiggebracht hatte, an diese Köstlichkeiten zu kommen, denn Eier waren sehr knapp und Leberkäse … in Hamburg … das war seinerzeit eigentlich eine Unmöglichkeit.

Der Duft und dieser Geschmack! Dazu die unbeschwerte Fröhlichkeit meiner Eltern …" der alte Mann unterbrach seine Erzählung, holte ein Stofftaschentuch aus seiner Hosentasche und wischte eine Träne von seiner Wange, die ihm die Erinnerung an dieses Erlebnis geschickt hatte.

Dann fuhr er fort: „Mein Vater musste wieder an die Front und meiner Mutter wurde Arbeit in einer Fabrik zugewiesen. Mich verschickte man im Alter von 5 Jahren ohne Elternteil aufs Land. Ich fuhr genauso wie jetzt in einem Zug, allerdings war das um vieles ungemütlicher als heute. Ich saß auf einer Holzbank und hatte meinen kleinen Koffer umklammert. Überall um mich herum saßen andere Kinder, die, ebenso wie ich, einen Koffer oder einen Rucksack in ihren kleinen Händen hielten. Manche der Kinder hatten wenigstens ältere Geschwister dabei, an die sie sich halten konnten, andere hatten einen Teddy oder eine Puppe im Arm.

Ich hatte nur meine Erinnerung an den fröhlichen Abend mit meinen Eltern und an …" „Leberkäs mit Spiegelei!", sagten wir beide gleichzeitig und mussten lachen, auch wenn dem kleinen Jungen von damals wohl kaum zum Lachen zumute gewesen sein dürfte.

„Plötzlich fuhr der Zug langsamer", erzählte er weiter, „ein Soldat rannte durch den Zug und rief: ‚Fliegeralarm! Wenn der Zug hält, müssen alle hinaus und sich unter den Zug legen'. Der Zug wurde jedoch schon beschossen, bevor er halten konnte. Als er endlich stand, rannten alle zu den Türen, das war solch ein Gedrängel, davor hatte ich Angst und so versteckte ich mich unter der Holzbank. Immer wieder kamen die Flieger, schossen auf die Kinder und die wenigen Erwachsenen, die den Zug verließen, und warfen sogar Bomben herab.

Irgendwann war es furchtbar still. Ich wartete darauf, dass die anderen wieder in den Zug einstiegen und die Fahrt weitergehen würde, aber es kam niemand. So stieg ich nach einiger Zeit aus dem Zug und ...", der alte Mann begann zu schluchzen und holte erneut das Taschentuch hervor, um sich mehrere Tränen abzuwischen. „Da lagen sie, kleine Mädchen, Puppen, die Jungen und ihre Teddys, weit verstreut über die Wiese vor dem Zug. Viele hatten wohl Panik bekommen, und anstatt sich unter dem Zug zu verstecken, rannten sie los, um im nahen Wald einen Unterschlupf zu finden. Dadurch wurden sie ein ideales Ziel für die Maschinengewehre der Flugzeuge.

Ich beobachtete den Himmel und weil keine Flugzeuge mehr da waren, rannte ich fort vom Zug, um mich im Wald zu verstecken. Kurz bevor ich den Wald erreichte, sah ich plötzlich ein kleines Mädchen neben einem großen Mädchen liegen.

Ein Geschwisterpaar, das Hand in Hand tot auf der Wiese lag.

Ich denke immer, die Piloten müssen doch gesehen haben, dass sie auf Kinder schossen."

Wieder wischte er sich Tränen aus dem Gesicht und auch ich griff zum Taschentuch.

„Eine furchtbar schlimme Zeit muss das gewesen sein", sagte ich.

„Ja", bestätigte der alte Mann, „aber für mich begann die schlimmste Zeit erst noch. Zuerst versteckte ich mich im Wald und beobachtete den Zug, ob vielleicht irgendwelche Leute außer mir überlebt hatten. Als ich niemanden sah, begann ich vom Zug wegzulaufen, mitten durch den großen Wald. Ich war einige Tage unterwegs und hatte ungeheuren Hunger und Durst. Nachts, beim Einschlafen träumte ich von jenem Abend mit meinen Eltern in Hamburg und von dem Leberkäs mit Spiegelei." Ein Schmunzeln zog über sein Gesicht und er schaute dabei auf den Leberkäs mit Spiegelei, die noch immer unberührt vor ihm auf dem Tisch standen.

„Irgendwann", fuhr er fort, „stand ich vor einem kleinen Bach und konnte mit dem klaren Wasser wenigstens meinen Durst stillen.

Wohl aus einem Instinkt heraus lief ich an dem Bach entlang, zumindest verdursten würde ich nun nicht mehr, aber der Hunger, der war schlimm.

Irgendwann traf ich dann, immer noch mitten im Wald, auf eine Gruppe von Menschen. Die waren erst sehr erstaunt, mich kleinen Jungen ganz allein im Wald zu sehen, und beobachteten ängstlich den Bereich hinter mir, ob vielleicht noch andere Menschen oder sogar Soldaten hinter mir herkämen. Sie gaben mir zu essen, einen Apfel und ein Stück trockenes Brot, obwohl sie wohl selbst kaum etwas hatten. Ich blieb bei ihnen und wir zogen zusammen durch den Wald.

Eines Nachts wachte ich auf, weil plötzlich Schüsse fielen. Wir waren von deutschen Soldaten umstellt und diese trieben uns vor sich her wie eine Herde Vieh. Ich konnte das nicht verstehen und fragte einen der Soldaten, warum sie das tun würden, er schlug mich und sagte: „Halt´s Maul, Judenbalg!"
„Ach herrje!" entschlüpfte mir ein Schreckensruf.
„Ja", sagte der alte Mann und nickte, „die Menschen, die mir deutschem Jungen geholfen und ihr kärgliches Essen mit mir geteilt hatten, waren Juden gewesen. Sie waren wohl von irgendwo geflohen. Und weil mich die Soldaten nun auch für einen Judenjungen hielten, denn ich hatte ja keine Papiere und keinen Ausweis, wanderte ich mit ihnen in ein Konzentrationslager. Aber eigentlich war das ja noch ein Glück."
„Wieso Glück?", fragte ich ungläubig.

„Nun, wären es Soldaten der SS gewesen, die uns umstellt hatten, hätten sie uns wohl gleich kurzerhand im Wald erschossen."

„Stimmt", antwortete ich betrübt, „bei dem, was man nach dem Krieg und auch heute noch hört, liest und in Filmen und Fernsehberichten sieht, haben Sie da sicher recht. Wie ging es dann weiter?"

„Nun ja", nahm er seine Erzählung wieder auf, „wir wurden ins Konzentrationslager gebracht. Alles, was ich bei mir hatte, waren die schmutzigen Kleider, die ich anhatte, und die Erinnerung an Leberkäs und Spiegelei. Meinen Koffer hatte ich im Zug vergessen, vermutlich stand ich da unter Schock. Und nun ..."

Wieder musste er zum Taschentuch greifen, die Tränen flossen nun überreichlich und das nicht nur bei ihm. Als es ihm wieder besser ging und er etwas getrunken hatte, sprach er weiter: „Nun nahmen sie mir auch noch meine Kleider weg. Sie tätowierten mir eine Nummer auf den Arm und zogen mir andere Kleidung an. Als ich wieder zu den anderen kam, wagte einer von den älteren Männern aus der Gruppe es, den Soldaten, der uns bewachte, anzusprechen, um ihm zu sagen, dass ich kein Judenkind sei und eigentlich gar nicht zu der Gruppe gehörte, aber der Soldat schrie ihn nur an und lief mit erhobenem Gewehr drohend auf ihn zu. Das brachte ihn schnell zum Schweigen."

Er machte eine Pause und ich sagte: „Wenn man in der heutigen Zeit lebt, dann kann man sich gar nicht vorstellen, dass so etwas wirklich passiert sein soll, so unglaublich klingt das alles, aber es ist ja überall dokumentiert, und Ihre Geschichte ist ein weiterer schrecklicher Beweis."

„Und dennoch", meinte er mit erhobenem Zeigefinger, „passieren auch heute noch viele schreckliche Dinge auf der Welt, die von Menschen angerichtet werden. Im Konzentrationslager", setzte er seine Erzählung fort, „begann dann erst recht der große Hunger für mich. Die Rationen, die man uns gab, waren mehr als kärglich und bestanden meist aus lauwarmem Wasser mit ein wenig hellgrünem Kohl darin.

Das war dann die Zeit, in der ich jede Nacht von Leberkäs und Spiegelei zu träumen begann. Immer wieder saß ich in meiner Vorstellung mit meinen Eltern zusammen, ich hörte wie sie lachten und roch den Duft von gebackenem Leberkäs und gebrutzeltem Spiegelei. Auch am Tag verfiel ich immer öfter in einen Tagtraum, und beim Essen sah ich im Geiste Leberkäs mit Spiegelei, das machte das schrecklich schmeckende Mahl ein wenig erträglicher.

Eines Tages gab es dann ein Erlebnis, das mein Dasein veränderte. Eine Frau, die in der Küche arbeitete, brachte hin und wieder etwas Brot in ihrer Schürze versteckt mit heraus. Sie behielt es nicht für sich, sondern verteilte es an alle in der Baracke, besonders an uns Kinder.

Als ihr dann einmal auf dem Weg, kurz vor der Baracke, das Brotstück herunterfiel, bückte sie sich schnell und hob es wieder auf. Ein kleiner Junge aus einer anderen Baracke hatte das gesehen und rief der Wache zu, dass die Frau Brot gestohlen hätte. Der wachhabende Offizier kam heran, forderte das Brot von der Frau und brüllte sie an, wo sie es herhätte. Sie gestand, dass es aus der Küche war. Der Offizier ließ sie niederknien und hielt ihr seine Pistole an den Kopf, dann fragte er sie schreiend, ob sie das noch einmal tun würde. Die Frau sagte mit weinerlicher Stimme; ‚Nein'. Da drückte der Offizier ab und sagte lachend: ‚da hast du recht!'"

Dann zerbröselte er langsam das wenige Brot, ließ die Krumen auf die Erde fallen und zertrat es mit dem Stiefel, bis es sich mit der Erde vermischt hatte. Er ging zu dem Jungen, der die Frau verraten hatte, klopfte ihm auf die Schulter und nahm ihn mit in seine Baracke, wo er die feinsten Sachen zu essen bekam. Dafür wurde der Junge jedoch in der nächsten Nacht von ‚Unbekannten' so verprügelt, dass er sich nicht mehr davon erholte. Er starb im Lager.

Von da an begann ich darüber nachzudenken, wie ich von hier fortkommen könnte. Irgendwie musste ich überleben und hier rauskommen. In meiner

Vorstellung begann ich nun damit, den Abend mit meinen Eltern in die Zukunft zu verlegen; ich stellte mir vor, wie ich als großer Junge mit meinen fröhlichen Eltern zusammensitzen und wir zum Abendessen Leberkäs mit Spiegelei essen würden. Und das stellte ich mir immer und immer wieder vor, bis wir eines Tages von den Amerikanern befreit wurden. Einer der Soldaten, die uns befreiten, brachte mich in die Wirtschaft der nächsten Ortschaft und der Wirt musste mir kochen, was ich wollte."

„Lassen Sie mich raten", sagte ich mit Tränen in den Augen, „Leberkäs mit Spiegelei."

Wir mussten lachen und er sagte, während er nickte: „Ja, das war nun wirklich nicht schwer zu erraten, und glauben Sie mir, damals blieb nichts auf dem Teller zurück!"

„Wie erging es Ihnen dann? Lebten Ihre Eltern noch? Haben Sie sie wiedergefunden?"

„Ja, die Amerikaner waren sehr wütend, nachdem sie gesehen hatten, was in dem Konzentrationslager geschehen war. Sie kümmerten sich sehr um mich, machten meine Mutter in Bayern ausfindig, wo sie nach mir gesucht hatte, und mein Vater wurde sehr schnell aus der amerikanischen Kriegsgefangenschaft entlassen.

Von da an gab es fast jeden Samstag Leberkäs mit Spiegelei. Und was mich einst am Leben hielt, wird mir heute vom Arzt verboten", schmunzelte er und sagte dann: „Aber ich denke, ich habe in meinem Leben genug Leberkäs mit Spiegelei gegessen."

Ein Lebenszeichen aus der Vergangenheit

„Mutti! Vati!", die kleine Samrita kam ins Haus gestürmt, warf ihren Schulranzen auf den Boden und rannte ins Esszimmer, wo ihr Vater und ihre Mutter mit dem Essen auf sie warteten. „Stellt euch vor, ich darf nach Europa reisen. Unsere ganze Klasse wird nach Europa fliegen." Noch bevor ihre Mutter oder ihr Vater etwas dazu sagen konnten, plapperte Samrita auch schon munter weiter: „London, Berlin, Paris und Amsterdam werden wir uns anschauen. Stellt euch das mal vor! Ich werde die Erste in unserer Familie sein, die diese Städte sieht. Ach, ich bin so aufgeregt!"

Die Eltern betrachteten ihre Tochter mit gemischten Gefühlen; einerseits freuten sie sich mit ihrer Tochter, andererseits waren sie Erwachsene, und Erwachsene sehen die Welt mit anderen Augen, als es Kinder tun.

Ihr Vater war es dann, der mit nüchterner Stimme fragte: „Und was soll das kosten, mein kleines Fräulein?" Ohne zu antworten, rannte Samrita zu ihrem Schulranzen zurück, um aus ihm einen Zettel zu holen. Mit flehenden Blicken überreichte sie ihrem Vater den Zettel, und als dieser die Augenbrauen hochzog und nervös den Kopf schüttelte, beeilte sich Samrita zu sagen: „Das wird noch weniger werden, wir veranstalten einen Basar, und ich werde auch versuchen, etwas Geld zu verdienen. Es sind ja noch ein paar Monate bis dahin."

Ihr Vater reichte den Zettel an seine Frau weiter, und als diese die Summe sah, schüttelte sie erschrocken den Kopf: „So viel? Nein, das können wir uns nicht leisten."

„Aber Mutti!", sagte Samrita bittend mit weinerlicher Stimme, „Azura, Citra und Mayang und alle anderen aus meiner Klasse dürfen mit", sie schluchzte, „ich wäre dann die Einzige, die zu Hause bleiben müsste. Bitte!" Sie nahm ihre Mutter in den Arm.

Diese schaute um Hilfe flehend ihren Mann an, und dieser sagte: „Wir werden darüber nachdenken. Wenn wir auf unseren Urlaub in diesem Jahr verzichten und deine Großeltern etwas beisteuern, dann könnte es vielleicht gehen."

Samrita ließ ihre Mutter los, stürmte zu ihrem Vater und fiel ihm mit einem „Danke!" um den Hals.

Schnell verging die Zeit, und am Tag der Abreise aus Malaysia redete Samrita vor lauter Aufregung wie ein Wasserfall. Was für ein toller Tag! Mit einer liebevollen Umarmung verabschiedete sich Samrita von ihrem Vater, dann fuhr ihre Mutter sie zur Schule, wo ein Bus die Kinder aufnehmen und zum Flughafen nach Kuala Lumpur bringen würde. Im Gepäck hatten sie einen großen blauen Koffer mit Rädern und einen kleinen roten Rucksack, auf dem in weißen großen Buchstaben „Samrita" stand.

Voller Wehmut, mit Tränen in den Augen und einer herzlichen Umarmung verabschiedete sich die Mutter von ihrer aufgeregten Tochter, dann verschwand diese mit den vielen anderen Kindern im Bus. Am Fenster winkte sie ihrer Mutter noch einmal glücklich lächelnd zu.

„Um wie viel Uhr wird Samrita morgen zurückkommen?", fragte Samritas Vater seine Frau drei Wochen später. „Der Bus wird etwa um 7.00 Uhr früh bei der Schule sein. Es ist schön, dass du morgen frei hast und wir sie zusammen abholen können. Sie wird bestimmt viel zu erzählen haben."

Die beiden saßen am Abend zusammen und tranken ein Glas Wein, als das Telefon klingelte. Samritas Großvater war am anderen Ende und brüllte aufgeregt: „Schnell, schaltet die Nachrichten ein, ich glaube das Flugzeug ist abgestürzt!"

Samritas Vater stürzte zum Fernseher und schaltete ein. Tatsächlich wurde dort von einem Flugzeug berichtet, dass über der Ukraine wohl mit einer Rakete abgeschossen worden war. „Oh Gott, nein!", rief Samritas Mutter und starrte auf den Bildschirm, dann rannte sie in die Küche, um einen Zettel zu holen, der mit einem Magneten an der Kühlschranktüre befestigt war.

Flug MH17 stand auf dem Zettel. Schreiend und weinend ging sie zurück ins Wohnzimmer, wo sie ohnmächtig in die Arme ihres Mannes sank. Am Bildschirm war es zu lesen, ‚Flug MH17', das Flugzeug, mit dem ihre Tochter und die Schulklasse nach Hause kommen sollten.

Vater und Mutter durchlebten furchtbare Tage. Ihre Tochter würde nie mehr nach Hause kommen, nie mehr würde sie den Schulranzen auf den Boden werfen und fröhlich plappernd in die Wohnung stürmen. Sie konnten ihr Kind nicht mehr in die Arme schließen.

Samritas Mutter bekam einen Nervenzusammenbruch und musste ins Krankenhaus. Als Samritas Vater zwei Wochen später von einem Besuch aus dem Krankenhaus nach Hause kam, lag auf dem Boden als einzige Post eine Ansichtskarte, die der Briefträger durch den Schlitz in der Türe geworfen hatte.

Das Bild dieser Karte zeigte den Pariser Eiffelturm bei Nacht in wundervoller Beleuchtung, und als er sie umdrehte, las er:

„Liebe Mutti, lieber Vati, Europa ist wundervoll. Ich freue mich aber auch darauf, wieder bei euch zu sein. Ich hab euch ganz doll lieb!

Eure Samrita."

Der gelbe Wind

Es war heiß und schwül in Saigon, als John Carpenter das Schiff ‚Papillon' betrat. Morgen würde das Schiff in See stechen und der frische Wind auf dem Meer würde bestimmt Abkühlung bringen. Darauf zumindest hoffte John. Er konnte sich noch nicht so recht an seinen neuen Namen gewöhnen, denn eigentlich hieß er Paul Baumann und war Deutscher. Aber ein deutscher Name in Saigon im Jahr 1948 würde nicht nur bei den Behörden Misstrauen erwecken. Außerdem war er erst vor drei Monaten aus der Fremdenlegion geflohen, und man würde ihn dann sofort einsperren und sicherlich früher oder später wieder an die Franzosen ausliefern. Daran wollte er besser gar nicht erst denken.

Paul Baumann, nein, John Carpenter, war 24 Jahre jung. Ein Alter, in dem andere junge Menschen heirateten und Familien gründeten, und auch John hatte Sehnsüchte in diese Richtung, aber sein bisheriges Leben als Erwachsener bestand nur aus Krieg, Flucht und Angst.
Mit 18 Jahren kam er an die Front. Er hatte schnell gelernt, wie man am besten überlebt, und dass ein Zögern im falschen Moment nur den eigenen Tod

zur Folge hatte. So hatte er also nicht gezögert, den Krieg überlebt und kam letzten Endes in französische Kriegsgefangenschaft. Auch dort hatte er nicht gezögert, als man ihn vor die Wahl stellte, entweder 10 Jahre Kriegsgefangenschaft in einem französischen Kohlebergwerk abzuarbeiten oder sich für 5 Jahre bei der Fremdenlegion zu verpflichten.

Ihm war klar, dass die Franzosen ihn nach den fünf Jahren kaum gehen lassen würden. Nein, er hatte von Anfang an vor, bei der nächstbesten Gelegenheit zu fliehen. Gut, das hätte er vermutlich auch in einem Kohlebergwerk geschafft, aber wohin hätte er dann fliehen sollen? In sein kaputtes, besetztes Heimatland? Nein, John wollte in ein fernes Land und sich dort, wenn auch unter falschem Namen, ein lohnenswertes Leben aufbauen.

Die Fremdenlegion führte ihn schließlich nach Indochina in einen grausamen Dschungelkrieg, der ihn, als Deutschen, eigentlich nichts anging. Aber er hatte nichts anderes als das Kriegshandwerk gelernt, und darin war er gut, auch im Dschungel von Indochina. Schon bald vertrauten ihm die französischen Vorgesetzten, und genau dieses Vertrauen nutzte er zu seiner Flucht.

Drei Monate war das schon her. Da John sehr sprachgewandt und intelligent war, konnte er sich schnell weit entfernen. Braungebrannt und mit dunklem Haar wurde er, etwas verkleidet, leicht für einen Einheimischen gehalten.

In Saigon hatte er durch Zufall andere Deutsche kennengelernt und durch sie Kontakt zu jemandem bekommen, von dem er einen gefälschten Ausweis erhielt. Nun war er also ein Australier mit dem Namen John Carpenter. Sein Englisch war einwandfrei, und wenn niemand den falschen Pass erkannte, konnte ihm nichts passieren.

John stand an der Reling und schaute zu, wie die anderen Passagiere an Bord kamen. Es gab viele junge Männer wie ihn, die das Schiff bestiegen, aber auch große Familien mit plappernden Frauen. John musste schmunzeln; Frauen waren für ihn eine Seltenheit und das eifrige, gestenreiche Reden erheiterte ihn.

Da plötzlich betrat eine wunderschöne junge Frau die Gangway. Johns Herz schlug höher. Solch eine Frau müsste man erobern können! Aber wie sollte ihm, dem fast mittellosen John Carpenter, das gelingen? Der Frau folgten mehrere Bedienstete, die ihr Gepäck trugen. Sie musste also reich sein.

„Der gelbe Wind wird kommen und deine Sehnsüchte stillen!", John fühlte sich plötzlich angesprochen. Er schaute nach rechts, wo die Stimme herkam, und nun entdeckte er ihn; hinter dem Wellenbrecher saß ein Aborigine. Er hatte ihn bisher nicht bemerkt. „Wie meinen Sie das?", fragte er nun den australischen Ureinwohner, der nur mit einem Lendenschurz bekleidet in der heißen Sonne saß. Dieser wiederholte, während er aufstand: „Auf dieser Reise wird der gelbe Wind kommen. Er wird deine Sehnsüchte stillen." Der Aborigine grinste, drehte sich um und ging.

John wandte sich wieder der Gangway zu und versank in Gedanken an seine Sehnsüchte und an den gelben Wind. Irgendwann erwachte er wie aus einem Traum und ging in seine Kabine.

Es war die erste Nacht seit langem, in der er ruhig durchschlief. Er fühlte sich hier auf dem Schiff sicher. Er hatte viel geträumt, konnte sich aber keinen rechten Reim auf die Träume machen. Nur der Name des Schiffes fiel ihm wieder ein, ‚Papillon', Schmetterling, auch davon hatte er geträumt. Er schüttelte den Kopf, erfrischte sich an dem Waschbecken in seiner Kabine und ging in den Frühstücksraum. Er hatte gehofft, die wunderschöne Frau dort zu treffen, die er gestern auf der Gangway gesehen hatte, und war etwas enttäuscht, als er sie nicht sah; vermutlich frühstückte sie in ihrer Kabine.

Das Schiff hatte bereits am frühen Morgen abgelegt und befand sich schon weit im südchinesischen Meer. Manila sollte die nächste Station sein, bevor es, vorbei an den Philippinen, Richtung Süden gehen würde. Die Stadt Darwin sollte das Ende von John Carpenters Seereise darstellen – damit hätte er Australien erreicht. Sein australischer Pass war auf Perth ausgestellt, aber dort wollte John natürlich nicht hin.

Die Tage auf See zogen sich endlos in die Länge. Tag für Tag stampfte die alte, aber zuverlässige Maschine eintönig vor sich hin. Jeden Morgen und Abend bestaunte John das großartige Schauspiel, das die aufgehende oder die untergehende Sonne über dem weiten Meer bot.

Das Schiff war bereits südlich der Philippinen, als John eines Morgens den Aborigine wieder traf. Er ging zu ihm hin und fragte ihn: „Wie meinten Sie das mit dem gelben Wind?" Der Aborigine schwieg lange Zeit, er beobachtete Johns Gesichtszüge ganz genau, dann nahm er Johns Hände und drehte sie mit der Innenseite nach oben. Er schaute längere Zeit auf die Handflächen, dann lächelte er und sagte: „Als ich vor vielen Jahren auf meinem Walkabout war, sah ich ihn auf einem Traumpfad zum ersten Mal, den gelben Wind. Auf dieser Reise wird er wiederkommen, und es wird das erste Mal sein, dass ich ihn auf dem großen Meer sehe. Sei bereit: Wenn der gelbe Wind kommt, werden deine Sehnsüchte ihre Erfüllung finden."

„Aber was ist der gelbe Wind? Woran werde ich ihn erkennen?", fragte John. Der Aborigine lachte aus vollem Herzen, er bog sich vor Lachen. Als er sich ein wenig beruhigt hatte, hob er die Schultern und sagte wie selbstverständlich und wieder mit einem Lachen im Gesicht: „Er wird gelb sein!", dann drehte er sich um, lachte erneut und ging.

Wenige Tage später, das Schiff hatte die Inselgruppe der Molukken passiert und befand sich in der Bandasee, als plötzlich ein Raunen unter den Passagieren zu hören war. John, der sich an Deck befand, schaute in die Richtung und sah, wie mehrere Menschen aufgeregt Richtung Nordwesten zeigten. Wie aus dem Boden gewachsen stand auf einmal der Aborigine neben John, auch er zeigte Richtung Nordwesten und sagte mit ruhiger Stimme: „Der gelbe Wind kommt!" John strengte seine Augen an; zuerst sah er nichts, aber ein wenig später schien es ihm, als ob sich dort in weiter Ferne tatsächlich eine gelbe Wolke auf das Schiff zubewegte. Immer näher kam dieser gelbe Wind, und John fragte sich, aus was er wohl bestehen würde. Gefährlich konnte dieser seltsame Wind wohl nicht sein, sonst hätte der Ureinwohner sicher davor gewarnt. Immer näher kam der gelbe Wind. Es schien tatsächlich so, als würde er direkt auf das Schiff zusteuern. John schaute auf die Fahnen des Schiffes. Eigentlich war es sogar ziemlich windstill, nur der Fahrtwind flatterte um die Fahnen. Umso merkwürdiger, dass dieser gelbe Wind immer näherkam.

Noch ganz Soldat, schaute sich John nach einer Deckung um, wo er sich vor diesem Phänomen schützen konnte. Ins Innere des Schiffes zu gehen, hielt er zwar nicht für notwendig, aber er wollte vorbereitet sein.

Immer näher kam der gelbe Wind. Die ersten Passagiere eilten ins Schiffsinnere, um durch die Glasscheiben geschützt weiter Ausschau zu halten. Der Wind bewegte sich wie eine große, gelbe Wolke, und plötzlich erreichte er das Schiff. Riesengroße, gelbe Schmetterlinge flatterten aufgeregt umher und landeten überall auf dem Deck! Das ganze Schiff war von den Schmetterlingen umgeben wie von einem dichten Nebel. John hatte sich in letzter Sekunde hinter eine geschützte Ecke gerettet, aber selbst hier war er umkreist von den prächtigsten gelben Schmetterlingen, die er je gesehen hatte, und das in unglaublich großer Zahl.

Urplötzlich stolperte aus dem gelben Nebel heraus eine weibliche Person in Johns Arme. Es war die wundervolle Frau, die er in Saigon gesehen hatte.

Er hielt sie fest in seinen Armen und schaute in ihr Gesicht. Sie schaute ebenso in seines, und dann zog John das weibliche Wesen einfach zu sich heran und küsste es. Und sie küsste ihn und rund um sie herum wirbelte der gelbe Wind. Sanft streichelten die gelben Schmetterlingsflügel über ihre Wangen.

Der Kloane

Als ich ein kleiner Junge war, gab es in den Sommerferien hin und wieder ein tolles Zeltlager, das vom örtlichen Sportverein organisiert wurde. Und so war es auch in jenem Jahr. Wir wanderten eines frühen Morgens los. Wir, das war eine Gruppe von etwa 50 Kindern mit fünf erwachsenen Begleitern.

Zuerst ging es an einem Bach entlang, der, nachdem er unser großes Dorf durchquert hatte, in einem breiten Tal gemächlich dahinfloss. So war neben seinem Bett genügend Platz für einen bequemen Feldweg, auf dem es sich gemütlich wandern ließ.

In unserer Altersgruppe war ein etwas kleinwüchsiger Junge. Ich war zwar selbst auch nicht besonders groß, aber er war für unser Alter extrem klein.

Das war für einige andere, größere ein willkommener Anlass, ihren Übermut an ihm auszulassen. Immer wieder wurde der Kleine gehänselt.

Dass er von allen nur ,Kleiner' gerufen wurde und sich kaum jemand die Mühe machte, ihn bei seinem Namen zu nennen, daran hatte er sich schon gewöhnt.

Aber da er eben nicht kräftig genug war, wurde er, auch während dieser Wanderung, besonders von einem der größeren Jungen plötzlich vom Weg hinunter in die hohe Wiese geschubst. Da es noch früh am Morgen war, war das Gras noch nass vom Tau und keiner lief freiwillig in der Wiese. Zwar versuchte ständig jemand, einen anderen in die Wiese zu schubsen, aber nur bei dem Kleinen gelang es auch wirklich, und so war er derjenige, der am häufigsten geschubst wurde.

Dieser war natürlich nicht erfreut, und schon nach kurzer Zeit und mehrmaligem Besuch in der feuchten Wiese waren seine Hose und seine Schuhe patschnass.

Irgendwann bemerkte einer der Erwachsenen die Schwierigkeiten des Kleinen und nahm ihn auf dem weiteren Weg unter seinen Schutz, das bedeutete, er durfte neben ihm laufen und war dadurch vor weiteren Angriffen geschützt.

Dennoch musste er in nasser Hose und nassen Schuhen laufen, und wer das schon einmal getan hat, der weiß, dass das nicht angenehm ist.

Als wir dann zur großen Mittagsrast an einem Spiel- und Grillplatz ankamen, der auf einer mittlerweile trockenen Wiese im Wald lag, kam dann die Gelegenheit für den Kleinen, sich zu revanchieren.

Einer der Großen hatte plötzlich eine Blindschleiche, also eine kleine Schlange, im Rucksack und zuckte erst mal zusammen, als er etwas herausholen wollte. Blindschleichen sind zwar nicht gefährlich, aber wer würde beim Anblick einer Schlange in seinem Rucksack nicht erschrecken?

Bei einem anderen kroch eine Schnecke über seine Wurst, die er gerade auf einen Spieß stecken wollte, um sie über dem Feuer zu braten.

Keiner erwischte den Kleinen bei seinen Streichen, aber alle ahnten, dass er es war.

Die Quittung ließ auch meist nicht lange auf sich warten, und so hatte der Kleine auf dem weiteren Weg einiges auszuhalten.

Manchmal trug er es mit Humor und schrie zum Beispiel den Großen an: „Lass mich in Ruhe, oder ich springe hoch und beiß dir ins Knie!"

Damit hatte er die Lacher auf seiner Seite und meist für eine Weile seine Ruhe.

Aber irgendwann begannen die Hänseleien wieder von neuem.

Im Zeltlager saß dann eines Abends der Betreuer einer anderen Gruppe bei uns am Lagerfeuer. Er war schon ziemlich alt, hatte bereits weißes Haar und … er war sehr klein. Schon die 12- und 13-jährigen Buben waren größer als er.

Er saß neben dem ‚Kleinen' aus unserer Gruppe und begann, eine lehrreiche Geschichte zu erzählen, denn er hatte mitbekommen, dass unser Kleiner oft und viel gehänselt wurde.

„Weißt du was?", sagte er zu dem Kleinen, „ich bin heilfroh, dass ich so klein bin, denn …", er machte eine bedeutungsvolle Pause, „wäre ich größer, dann wäre ich schon lange nicht mehr am Leben."

Schon als der Mann mit seiner Erzählung begann, saßen und standen viele um das Lagerfeuer herum, doch plötzlich kamen immer mehr hinzu, und nun waren alle Kinder und Erwachsenen unserer Gruppe da und lauschten mucksmäuschenstill der Geschichte des Mannes.

„Als ich 1942 als Soldat eingezogen wurde, lachten mich alle aus und ich hatte bei der Ausbildung zum Soldaten nichts zu lachen. Fast alle machten sich einen Spaß daraus, mich zu hänseln und zu ärgern. Obwohl ich so klein war, musste ich natürlich dasselbe Gepäck tragen wie die anderen, und ein kleineres oder leichteres Gewehr gab es auch nicht", schmunzelte der Mann. „Ich musste also im Verhältnis zu den größeren Soldaten mehr leisten, und beim Marschieren war das auch nicht einfach, denn ich musste sehr große Schritte machen, um mit den anderen Schritt zu halten. Aber ich habe mich durchgebissen.

Mich nannten damals alle ‚Kloaner‘ oder ‚der Kloane‘, das kommt wohl aus dem Bayerischen und bedeutet eben ‚Kleiner‘ bzw. ‚der Kleine‘.

Eines Tages, wir waren schon viele Monate an der Front in Russland, da sollten wir eine feindliche Stellung erobern. Das Problem dabei war, dass wir über ein Stück offenes Gelände zu laufen hatten, und dieses Gelände wurde von einem russischen Scharfschützen bewacht.

Unser Unteroffizier schickte Hugo, den schnellsten unserer Gruppe, als Ersten los; er sollte die etwa 70 Meter zu einem Erdwall, hinter dem sich der Scharfschütze versteckt hatte, im Zickzack-Kurs rennen und ihn mit Hilfe einer Handgranate außer Gefecht setzen.

Aber der Hugo kam nicht weit, nach höchstens 10 Metern fiel er um. Der Scharfschütze hatte ihn in den Kopf getroffen.

Also wurde der Nächste losgeschickt, Alfred. Er rannte los und … kam auch nicht weiter als Hugo.

Nun war ich an der Reihe. Mein Herz klopfte wie wild, aber ich hatte keine Wahl, ich musste losrennen. Ich flitzte also los und war gerade bis dahin gekommen, wo Hugo und Alfred lagen, als ich spürte, wie eine Gewehrpatrone meinen Helm streifte, dann hörte ich auch schon den Knall. Während ich dachte: ‚Wenn man den Knall hören kann, wurde man nicht getroffen' rannte ich im Zickzack weiter auf den Erdwall zu. Ich hörte einen zweiten Schuss, aber wieder hatte der Scharfschütze zu hoch gezielt. Mit so einem Kleinen wie mir hatte er wohl nicht gerechnet. Ich erreichte den Erdwall, warf die Handgranate, und nun konnten meine Kameraden nachkommen. Sie klopften mir auf die Schulter, und natürlich waren sie froh, dass ich es geschafft hatte, denn sonst hätten noch Weitere ihr Leben aufs Spiel setzen müssen. Von da an hat mich in der Kompanie keiner mehr wegen meines Kleinwuchses gehänselt."

Es ging ein Raunen um das Lagerfeuer, und von diesem Moment an wurde unser ‚Kleiner' auch nicht mehr gehänselt. Die Geschichte hatte bei den ‚Großen' einen tiefen Eindruck hinterlassen. Auch Kleine können Großes leisten.

Großvaters Teddy

Mein Großvater war ein wundervoller Mensch.

Immer hatte er Zeit für mich, hörte mir zu und half mir, meine Probleme zu lösen, indem er mir gezielte Fragen stellte. Er verstand es, mich mit seinen Fragen so zu lenken, dass mir die Lösung zu meinen Problemen wie selbstverständlich zufiel.

Er hatte ein langes, aber oft auch schwieriges Leben; Ungeheuerliches musste er ertragen, und dennoch war er keinem Menschen böse, sei es auch noch so schlimm, was dieser Mensch ihm angetan hatte.

Aber nun war Großvaters Leben zu Ende und sein letzter Wunsch war, dass man seinen Teddy zu ihm ins Grab legen sollte.

Nur ein einziges Mal hat er mir, mit Tränen in den Augen, die Geschichte seines Teddys erzählt, und das fiel ihm nicht leicht. Die Erinnerungen, die er mit dem Spielzeugbären verband, mussten für ihn schier unerträglich sein, und doch war der Teddy immer bei ihm und somit auch die Erinnerungen. Seit ich die Geschichte kannte, schien es mir, als ob mein Großvater jemand Bestimmten in seiner Erinnerung am Leben halten wollte.

Mein Großvater wurde 1919 geboren. In der Zeit nach dem Ersten Weltkrieg wuchs er in einer Welt auf, in der die Menschen oft nicht wussten, ob sie am nächsten Tag genug zu essen haben würden.

Als er drei Jahre alt war, bekam er von einer Tante, die zu Besuch kam, einen kleinen Teddybären aus Filz geschenkt. Der Filz war braun, eine typische Farbe für Bären. Untypisch hingegen waren die grünen Augen und die blaue Nase, die man dem Teddy ins Gesicht genäht hatte. Aber zu dieser Zeit waren solche Nebensächlichkeiten nicht wichtig, und später verblassten die Farben mehr und mehr. Gefüllt war der Bär mit getrockneten Reiskörnern, und das war beinahe unglaublich in Anbetracht der Tatsache, dass viele Menschen Hunger litten.

Umso mehr musste mein Großvater auf sein Spielzeug aufpassen. Er wurde zu seinem ständigen Begleiter. Seine Mutter stickte die Initialen von Großvater auf den Rücken des Teddys. Ein ‚F' für Fritz und ein ‚R' für Rosenberg.

Einige Jahre später kam eines Tages ein wanderndes Volk in das Dorf, in dem mein Großvater lebte. Die Dorfbewohner waren nicht unbedingt erfreut über diese Roma, wie sie genannt wurden. Großvater jedoch war sehr oft bei ihnen und bewunderte die Art und Weise, wie diese Leute lebten. Oft saß er bei ihnen am Lagerfeuer und lauschte den spannenden

Geschichten, die sie erzählten und den fremdartigen Liedern, die sie sangen. Er freundete sich mit einem Roma-Jungen an, der ein paar Jahre jünger war als er selbst, und als die Truppe mit ihren Wagen weiterzog, schenkte er dem Jungen zum Abschied seinen geliebten Teddy. Schließlich war er selbst ja nun schon ein großer Junge und große Jungen spielen nicht mehr mit Teddybären. Dennoch vermisste er den Teddy hinterher sehr.

Viele Jahre später, als er schon erwachsen war, begann eine fürchterliche Zeit. Eines Tages fuhren plötzlich einige Militärlastwagen in das Dorf, in dem mein Großvater lebte, Soldaten sprangen herab, und einige Familien, darunter auch die meines Großvaters, mussten auf die Lastwagen steigen und wurden zum nächsten Bahnhof gefahren. Dort angekommen trieb man sie wie Tiere in Viehwaggons und sperrte zu. Dann begann eine lange Reise ins Unbekannte.
Etwa einmal am Tag wurden die Türen aufgerissen, frische Luft sauste in den Waggon und ein Kübel voll halb gekochter Kartoffeln wurde auf den Boden gekippt. Dann stellte noch jemand einen Eimer Wasser hinein und die Türe ging wieder zu. Eine der Frauen im Waggon hatte zum Glück die Gelegenheit genutzt und den Eimer mit Fäkalien hinausgeleert.

Die Tage vergingen und die Menschen im Waggon wurden immer dünner, einige wurden krank, und erst, als die Ersten gestorben waren, wurde bei einer längeren Rast der Waggon gereinigt, und es gab draußen an der frischen Luft zum ersten Mal eine ordentliche Mahlzeit.

Mit Brotlaiben unter dem Arm ging es wieder in die Waggons und die Fahrt wurde fortgesetzt.

Nach einigen weiteren Tagen erreichte der Zug sein Ziel, ein sogenanntes Konzentrationslager. Mein Großvater wurde dort von seinen Eltern getrennt und hat seitdem nie wieder etwas von ihnen gehört. Er selbst musste dort hart arbeiten und bekam nur wenig zu essen. Wer nicht spurte oder nicht mehr konnte, bekam eine Kugel in den Kopf, aber viele starben auch ohne diese Kugel einfach an Erschöpfung. Alle paar Tage kam ‚Nachschub' an neuen Arbeitssklaven.

Eines Tages, mein Großvater war gerade auf dem Weg zu seiner Baracke, als eine Gruppe Kinder von einigen Soldaten vorbeigetrieben wurde. Die Kinder, das erkannte mein Großvater sofort, waren Sinti und Roma.

Plötzlich fiel einem kleinen Jungen, der schon etwas zurückgefallen war, etwas herunter. Der Junge bückte sich, um es aufzuheben, doch in diesem Moment sauste der Gewehrkolben eines Wachsoldaten auf den Kopf des Jungen. Der Junge blieb tot liegen, dennoch kickte der Soldat mit seinem Stiefel das Ding weg, das der Junge aufheben wollte. Der Gegenstand flog meinem Großvater vor die Füße. Mein Großvater stand unbeweglich da, und erst als die Gruppe außer Sicht war, schaute er nach unten, bückte sich schnell und hob das Ding auf.

Sein Herz schlug ungeheuerlich, als er erkannte, was er da in seiner Hand hielt, es war SEIN Teddy, da gab es keinen Zweifel; zwar waren die Farben der Augen und der Nase verblasst und der Stoff ziemlich schmutzig, aber die eingestickten Initialen waren deutlich zu sehen. Der tote Junge, der nun von zwei Leuten aus dem Lager weggetragen wurde, musste wohl aus der Familie seines Freundes stammen.

Schnell versteckte mein Großvater den Teddy unter seiner Jacke und ging zu seiner Baracke.

Dort versteckte er ihn unter einem losen Brett seines Bettes.

Als die Zeiten im KZ immer schlimmer und das Essen immer weniger wurde, nahm Großvater hin und wieder ein Reiskorn aus dem Inneren des Teddys und lutschte es den halben Tag im Mund, bevor er es hinunterschluckte. Mit der Zeit wurde der Teddy genau wie alle anderen ‚Bewohner' des KZs immer dünner.

Eines Tages gab es einen riesigen Tumult, Schüsse fielen, und plötzlich waren Panzer zu hören.

Das KZ wurde befreit und mein Großvater hatte diese schlimme Zeit überstanden.

Nach einiger Zeit kam er an etwas Reis, und so konnte er seinen Teddy wieder ‚füttern'. Lange Jahre forschte er nach seinem Freund von den Roma, aber er fand nirgends eine Spur von ihm oder seiner Familie.

Der Inhalt meiner Träne

Glasig sind meine Augen,
trübe ist mein Blick.
Schwer,
so schwer
ist die Träne
auf meiner Wange.

In ihr ist die ganze Last,
all meine Traurigkeit
so seelenschwer.
Und ohne Hast,
zögerlich nur,
folgt sie der Spur
zur Ewigkeit.

Sie nimmt ihn mit,
den Teil von mir.
´s gibt kein Zurück.
Wie viel?
Unendlich viel
nimmt sie mit auf ihrem Weg
über den Steg
in die Unendlichkeit.

Kann ich ihr folgen,
mit ihr zieh'n?
Das meiste von mir
ist eh schon in ihr.
Vielleicht ist dort
an jenem Ort,
an den sie flieht,
das, was ich verloren hab?

Der kleine Vogel von Hiroshima

An einem der sechs Flussarme im Delta des Õta, eines Flusses in Japan, der bei Hiroshima ins Meer mündet, war in einem kleinen Baum zwischen mehreren Astgabeln ein Vogelnest.

Vier junge Vögelchen drängelten sich an diesem heißen Sommermorgen hungrig im Nest, und jedes Mal, wenn der Vater oder die Mutter sich in eiligem Flug dem Nest näherten, gab es ein fürchterliches Gedränge und Geschiebe und jedes der vier Vogelkinder streckte dem Elternteil hungrig das geöffnete Schnäbelchen entgegen.

Vater und Mutter, die schon seit Sonnenaufgang unterwegs waren, überlegten nicht lange, sondern legten das Würmchen oder das Insekt, das sie heranbrachten, schnell in einen der weit geöffneten Schnäbel und flogen eilig davon, um weiter Würmchen zu suchen oder Insekten zu fangen.

Es war ungeheuer anstrengend, vier hungrige Vogelkinder satt zu bekommen, doch zum Glück gab es entlang des Flussufers viele Insekten und Würmer.

Als der Vater gerade einen Wurm abgeliefert hatte, flog er in Richtung des Flusses davon. Auf der gegenüberliegenden Seite, etwas flussaufwärts, kannte er eine gute Stelle, an der es viele

Würmchen gab. Gerade wollte er unter der großen Honnkawa-Brücke hindurchfliegen, als er plötzlich in vollem Flug gegen die durchsichtige Fensterscheibe eines kleinen Schiffes knallte.

Völlig benommen fiel er zu Boden. Sein Köpfchen tat ihm furchtbar weh und einer seiner Flügel war komisch nach hinten geknickt. Als er versuchte, seine Flügel auszubreiten, durchzuckte ihn ein heftiger Schmerz. So blieb er erst einmal ruhig liegen und nach kurzer Zeit schlief er ein.

Das Schiff fuhr unterdessen weiter den Fluss hinauf. Während der kleine Vogel schlief, legte es einige Kilometer zurück und trug den Vogel weit fort von der Stadt und seiner Familie.

Plötzlich erwachte der kleine Vogel; ein heller Blitz hatte zunächst die ganze Umgebung erhellt, dann folgte ein lauter Knall. Kurze Zeit später fegte ein heißer Wind über das Schiff und Wellen brachten es zum Schaukeln. In der Ferne stieg eine gigantische Wolke wie ein Pilz zum Himmel auf.

Der kleine Vogel erschrak; er versuchte erneut, seine Flügel auszustrecken, und unter großen Schmerzen gelang es ihm. Er dachte an seine hungrigen Kinder, die nun allein von seiner Frau ernährt wurden, und so überwand er die Schmerzen und begann etwas unbeholfen zu fliegen. Er hatte sich zum Glück nichts gebrochen. So flog er den Fluss wieder zurück, musste aber oft eine Pause einlegen. Als er sich der Stadt Hiroshima näherte, veränderte sich das Aussehen der Umgebung gewaltig. Wo früher Häuser standen, war nichts mehr, nur hier und da war ein kleiner Betonrest zu sehen, und überall gab es Stellen, an denen Feuer wüteten.

Geschützt unter einer Eisenbahnbrücke, die über den Fluss führte, ruhte sich der kleine Vogel etwas aus, als es plötzlich zu regnen begann. Aber solch einen Regen hatte der Vogel noch nie erlebt: Die Tropfen waren dick und pechschwarz.

Als der Regen aufhörte, flog der kleine Vogel in großer Eile weiter. Was war hier passiert? Ging es seiner Familie gut?

Bei seinem Weiterflug fiel ihm auf, dass der Fluss voller Trümmer und Menschen war; sie trieben mit dem Fluss hinab, wurden aber von der in den Fluss drängenden Meeresströmung immer wieder zurückgeschoben. Es schien, als würden die Menschen nicht mehr leben.

Auch am Ufer des Flusses standen und lagen viele Menschen; diese sahen fürchterlich aus. Einigen hing die Haut wie Tropfen von den Armen und Händen. Vielen war die Kleidung regelrecht in die Haut gebrannt.

Dem kleinen Vogel fiel auf, dass es keine Tiere gab. Er hörte keine Hunde bellen, keine Katzen miauen, es summten keine Bienen und ... es flogen außer ihm keine Vögel am Himmel.

Alle gewohnten Geräusche waren verstummt: Es fuhren keine Autos, keine Fahrradklingeln oder Autohupen ertönten, nein, es war merkwürdig still.

Nur einige Menschen hörte er schmerzvoll flüstern: „Misu, Misu!" – „Wasser, Wasser!"

Plötzlich erwachte sein Instinkt und drängte ihn dazu, nicht weiter, sondern von hier fort zu fliegen. Aber der Gedanke an seine Familie ließ ihm keine Ruhe.

So näherte er sich dem Gebiet seiner Heimat. Doch dort, wo früher Blumen blühten, wo Büsche und Bäume standen, war nichts mehr.

Als er die Stelle erreichte, wo der Baum stehen musste, der das Nest und seine Kinder beschützt hatte, sah er nur noch einen verkohlten Stumpf, aus dem in einer dünnen Säule grauer Rauch aufstieg. Wo war seine Frau? Wo waren seine Kinder? Der kleine Vogel konnte, genauso wie die vielen Menschen, nicht begreifen.

Drei Tage lang flog der kleine Vogel auf der Suche nach seiner Frau und den Kindern umher, bis er immer schwächer wurde und nicht mehr fliegen konnte. Er verlor immer mehr Federn und eines Abends schlief er kraftlos ein. Im Traum, da fand er plötzlich seine Familie wieder und blieb für immer bei ihr.

Und der Wind sang ein Lied

*E*s war einmal, so beginnen Märchen und so könnte auch diese Geschichte beginnen – es war einmal! Aber da diese Geschichte kein Märchen ist, beginnt sie anders:

Vor noch gar nicht langer Zeit geschah in einem Land, das in einem Gebiet liegt, welches die Menschen in Deutschland den ‚Nahen Osten‘ nennen, etwas, das ich euch unbedingt erzählen möchte.

In diesem Land gab es ein jung vermähltes Paar, das sehr glücklich war. Der Mann und die Frau liebten sich sehr und das Glück der beiden sollte noch vollkommener werden, denn die Frau war schwanger, und schon bald würde ein Kind zur Welt kommen und das Familienglück komplett machen.

Doch noch kurz bevor das Kind geboren wurde, brach in dem Land ein Krieg aus. Viele Bewohner des Landes waren mit dem, was die Regierung tat, nicht einverstanden, fühlten sich unterdrückt und begannen, sich zu wehren. Das war der Ursprung des Krieges.

In den ersten Monaten berührte der Krieg die Stadt, in der die Familie lebte, von der ich euch erzähle, nicht. So wurde das Kind geboren und konnte zunächst unbeschwert aufwachsen. Es war ein Mädchen und das Glück und der ganze Stolz seiner Eltern.

Zwar wurde in die Geburtsurkunde ein anderer Name eingetragen, aber da der Mann seine Frau immer nur „mein Engel" nannte und das Kind so wunderschön und lieb war, wurde es von seinen Eltern nicht anders als „Engelchen" genannt.

Als das Engelchen zwei Jahre alt war, tobte der Krieg immer noch im Land, und nun näherte er sich auch der Stadt, in der das Engelchen aufwuchs. Viele Nachbarn und Verwandte von Engelchen und seinen Eltern packten eilig einige Habseligkeiten zusammen und versuchten ihr Heil in der Flucht. Sie versuchten, über die Grenze ins Nachbarland zu gelangen.

Dort fristeten dann diejenigen, die es bis dorthin geschafft hatten, zumeist ein mühseliges Dasein in einer von vielen Zeltstädten und waren auf die Hilfe anderer Menschen angewiesen.

Da der Vater von Engelchen sein Geschäft nicht aufgeben wollte, welches er zusammen mit seinem Schwager betrieb, blieb die Familie in der Stadt.

Das Geschäft bestand aus einem Gemüsestand, den Engelchens Onkel und Vater in der Innenstadt auf dem Marktplatz betrieben. Sie hatten dort einen festen Stammplatz für ihren Stand und eben diesen würden sie verlieren, wenn sie fliehen würden. Dann wäre eine spätere Rückkehr umso schwieriger und sie müssten mit dem Geschäft wieder ganz von vorne anfangen. Außerdem hofften sie, dass der Krieg nicht allzu lange dauern würde.

Da nun der Krieg immer wieder die Stadt erreichte, durfte Engelchen die Wohnung nicht mehr verlassen, um draußen zu spielen. Sie musste immer drinnen bleiben und lernte deswegen kaum etwas anderes kennen als die Wohnung und den Blick aus dem Fenster in den schattigen Hinterhof.

Unbeschreiblich war die Freude des Kindes deshalb, als der Krieg in ein anderes Gebiet zog und die Familie einen Ausflug aus der Stadt hinaus wagen konnte. Mit dem Auto eines Freundes fuhren sie zu einer Oase. Noch nie hatte das Engelchen so viel Grünes und Buntes gesehen.

Grüne Palmen, grünes Gras und die wundervollsten, kunterbuntesten Blumen gab es da. Ein alter grauer Esel stand an einem kleinen Teich, löschte seinen Durst, und über dem Engelchen zwitscherten bunte Vögel ein wundervolles Lied.

Das Engelchen rief begeistert: „Mami, Papi, wir sind im Paradies!"

Fröhlich und unbeschwert waren die drei, und irgendwann nahmen Mami und Papi das Engelchen links und rechts an die Hand, ließen es schwungvoll hochfliegen und sangen dabei:

„Engelchen, Engelchen flieg,
ganz hoch hinauf und weit,
Engelchen, Engelchen flieg,
mit Lust und Fröhlichkeit."

Ach, wie glücklich waren die drei! Es war der schönste Tag in Engelchens Leben.

Aber auch schöne Tage haben ein Ende, und schon kurze Zeit später kam der Krieg zurück und das Kind musste wieder in der Wohnung bleiben.

Immer wieder hörte man das Knattern von Maschinengewehren, das schreckliche Heulen von Sirenen, die verkündeten, dass irgendwo ein Gebäude in Flammen stand, oder man hörte sogar den lauten Einschlag von Raketen.

Da der Krieg immer länger dauerte, wurde das Leben in der Stadt noch schwieriger. Engelchens Vater musste immer öfter die Stadt verlassen und weite, gefährliche Reisen auf sich nehmen, um genug Gemüse für den Stand einzukaufen.

Eines Tages stand plötzlich Engelchens Onkel mit Tränen in den Augen und Blutflecken auf dem Hemd vor der Tür und Engelchens Mutter begann zu schreien und zu weinen.

Engelchen konnte nicht verstehen, was geschehen war, wo war ihr Papa?

„Sie haben ihn einfach erschossen", sagte der Onkel immer wieder vor sich hin. „Er hat niemandem auch nur das Geringste getan und sie haben ihn einfach erschossen."

Die Mutter nahm das Engelchen in den Arm und weinte den ganzen Tag.

Einige Tage später versuchte Engelchens Mutter, immer noch mit Tränen in den Augen, ihr zu erklären, was passiert war, und dass sie ihren Vater nie mehr wiedersehen würde.

Sie packte Kleider in einen alten Koffer, und als das Engelchen fragte, warum sie das tue, nahm ihre Mutter sie an beiden Händen, drehte sich immer schneller im Kreis, bis das Engelchen vom Boden abhob, dann sang sie:

„Engelchen, Engelchen flieg,
ganz hoch hinauf und weit,
Engelchen, Engelchen flieg,
flieh vor Krieg und Leid!"

Dann erklärte die Mutter ihrem Kind, dass sie nicht länger hierbleiben könnten und in ein paar Tagen, zusammen mit dem Onkel und seiner Familie, versuchen würden, das kriegsgeplagte Land zu verlassen, um ein besseres Leben zu haben.

Engelchen vermisste ihren Vater, aber sie freute sich auch ein wenig auf das Abenteuer der Flucht, denn sie dachte dabei an den wundervollen Tag bei der Oase.

Um für die Reise genug Nahrung zu haben, musste Engelchens Mutter aus dem Haus und in die Stadt. Da sie das Engelchen nicht allein zu Hause lassen wollte, nahm sie es mit.

Ach, wie sah es in der Stadt nur aus! Viele Häuser waren total zerstört und an vielen weiteren fehlten ganze Wände oder sie hatten viele Einschusslöcher. Kaputte oder verbrannte Autos standen überall am Straßenrand, und alle Menschen hasteten eilig umher, denn aus der Ferne waren immer wieder Gewehrschüsse zu hören.

Unter großer Mühe gelang es Engelchens Mutter, einen Laib Brot und etwas Obst zu kaufen. Als die beiden wieder in der Nähe ihres Hauses waren, hörten sie ein komisches Pfeifen und kurz danach einen lauten Knall.

Das Engelchen schaute die Straße entlang und sah, wie alle Leute, die dort standen, nacheinander umfielen. Das sah lustig aus und das Kind wollte gerade darüber lachen, als es plötzlich einen stechenden Schmerz in der Brust spürte, dann fiel auch das Engelchen um und genauso seine Mutter.

Eine Giftgasgranate war explodiert, und das Giftgas tötete schnell und unbarmherzig alle Menschen in der Umgebung.

Das Engelchen lag neben seiner Mutter auf der Straße vor dem Haus, in dem es gelebt hatte. Die helle Sonne streichelte mit zarten Strahlen

liebevoll über sein dunkles Haar und der Wind sang
ein Lied:

Engelchen, Engelchen flieg,
ganz hoch hinauf und weit,
Engelchen, Engelchen flieg,
warst doch gar nicht zum Sterben bereit.

Engelchen, Engelchen flieg,
ganz hoch hinauf und weit,
Engelchen, Engelchen flieg,
dorthin, wo dir nichts mehr geschieht.

Engelchen … Engelchen … flieg!

Tautröpfchens Tod

*B*eim ersten Tageslicht war es schon munter. Frech lächelte es von der Spitze eines dünnen Grashalmes in die Welt hinaus. Als die Sonne es über den Horizont geschafft hatte und ihre ersten Strahlen auf das fröhliche Tautröpfchen trafen, da spiegelte es die kunterbunte Welt um sich herum in zauberhaften Farben wider und die Vöglein zwitscherten ein herrliches Lied dazu.

Mit Kraft und Mut kämpfte das Tautröpfchen gegen den Wind, der zwar nur zart über die Wiese strich, aber dennoch versuchte, das Tröpfchen vom Grashalm zu schütteln. Geschickt balancierte es tanzend am Grashalm und konnte dem Wind widerstehen.

Schon glaubten alle, das Tautröpfchen hätte es geschafft, da verschwand es plötzlich ohne Vorwarnung im hellen Sonnenlicht von dieser Welt und strebte in eine andere, höhere Dimension.

Wie ein Tautröpfchen, so warst auch du, mein Kind! Jeden Morgen verzaubertest du unser Leben mit deinem erfrischenden Lächeln, tanztest lustig durch die Wohnung und warst voller Energie.

Selbst an dem Tag, an dem es dir nicht so gut ging und wir uns Sorgen um dich machten, warst du es, die uns aufmunterte und uns mit deinem zuversichtlichen: „Das wird schon wieder!", die Sorgen nahmst.

Die Ärzte waren anderer Meinung. Es würde ein sehr harter Kampf werden, meinten sie, und du würdest all deine Kraft brauchen, um gegen diesen Wind zu bestehen.

Mutig stelltest du dich dieser Herausforderung, und wie das Tautröpfchen dem Wind trotzte, so kämpftest du mit all deiner Energie gegen den Krebs.

Und wirklich ging es dir nach einiger Zeit wieder besser; du hattest den Wind besiegt und wir waren glücklich und ließen uns täuschen.

So wie das Tautröpfchen im hellen Sonnenlicht in eine höhere Dimension aufstieg, so verschwandest auch du nach einigen fröhlichen Tagen leise schleichend aus unserem Leben.

Ob du von dort, wo du jetzt bist, auf uns herabblickst? Bist du es, die uns mit einem fröhlichen Augenzwinkern den Sonnenstrahl auf unser Gesicht zaubert, wenn wir traurig vor deinem Grab stehen?

Uns bleibt nur die Erinnerung an die wundervollen Tage, die wir mit dir erleben durften und die du uns, wie ein fröhlich tanzendes Tautröpfchen, verzaubert hast.

Die Tränensammler

Weit weit weg von Deutschland, auf der anderen Seite des Planeten Erde, mitten im Südpazifik, da gibt es eine einzelne Insel. Sie ist im großen, ja, beinahe unendlichen Pazifik an einer abgelegenen Stelle und wurde von uns Menschen bis heute nicht entdeckt. Ihr Name ist Tränanien, und, oh Wunder, auch dort leben Menschen.

Die Menschen auf Tränanien leben jedoch ohne moderne Technik, ohne Autos oder Computer. Sie ernähren sich zum einen von den vielen Früchten, die das ganze Jahr über auf der Insel wachsen, und zum anderen von den Fischen, die sie in einer großen Bucht fangen. Ihren Durst stillen sie mit dem klaren Wasser eines der vielen wundervollen Bäche, die es auf der Insel gibt. Hin und wieder auch mit dem Saft frischer Kokosnüsse. Und ... die Menschen auf Tränanien sind glücklich und zufrieden.

Woher ich das weiß? Nun, das kam so:

Ich war mit meinem Segelboot, der „Flying Rainbow", auf dem Weg von Neuseeland nach Südamerika, als ich in einen fürchterlichen Sturm geriet. Nie zuvor hatte ich solch einen Sturm erlebt.

Er kam urplötzlich und hatte mich völlig unvorbereitet erwischt. Gut, ich gebe es zu, ich war eingeschlafen und träumte einen merkwürdigen Traum. In diesem Traum war der ganze Himmel voll unzähliger, kunterbunter Regenbögen, wie ich sie noch nie zuvor gesehen hatte. Es war unglaublich schön. Doch dann weckte mich ein plötzlicher Ruck aus meinem Traum, und als ich die Augen öffnete, war der Himmel und selbst das Meer schwarz wie frischer Teer. Ich hatte keinerlei Ahnung, wo ich mich befand. Der Wind blies in starken Böen aus unterschiedlichen Richtungen, und die Gischt peitschte derart über mein Boot, dass mir kaum noch Luft zum Atmen blieb.

Mehr ahnend als sehend bemerkte ich, dass mein Segel zerfetzt war, und so war ich den Gewalten des Sturmes ziemlich hilflos ausgeliefert. Ich band meine Hand mit einem kurzen Strick am Mast fest, damit ich nicht über Bord gespült werden konnte, und begann zu beten und zu hoffen. Würde mein Boot den Sturm einigermaßen überstehen, so hätte ich vielleicht eine Chance zu überleben, aber … ich wäre dann auf einem zerstörten Boot mitten im Südpazifik und vermutlich weit abseits jeglicher Schiffsrouten. Ich malte mir schon aus, wie man vielleicht eines Tages den Rest von meinem Boot mit einer ausgetrockneten Mumie auf dem Meer treibend finden und darüber rätseln würde, wer ich wohl sei.

Vor Erschöpfung schlief ich gefühlte Stunden später ein. Als ich erwachte, wusste ich zunächst nicht, wo ich war. Ich lag auf dem Bauch. Da der Boden unter mir nicht schwankte, öffnete ich neugierig meine Augen und war sehr verwundert. Sand! Unter mir war Sand. Ich lag an einem Strand. An meinem Arm war zwar noch der Strick, mit dem ich mich an den Masten gebunden hatte, aber der Mast und das Boot waren weg. Der Strick endete in vielen Fransen.

Ich hob meinen Kopf und entdeckte, dass der Himmel über mir voll von kunterbunten Regenbögen war, so wie in meinem Traum, den ich vor dem Sturm geträumt hatte. Träumte ich etwa noch immer? Wie kann man das überprüfen? Ich zwickte mich selbst. „Aua!" Es musste real sein. Dann jedoch übermannte mich erneut die Erschöpfung und ich schlief ein.

Als ich wieder erwachte, lag ich noch immer auf dem Strand, aber der Himmel war blau, die vielen Regenbögen waren verschwunden. Dafür saß neben mir ein Mensch. Ich schreckte hoch; der Mensch war nur spärlich bekleidet und sah aus wie ein Eingeborener. Klar, ich war ja hier vermutlich auf einer Insel in der Südsee. Dann schoss ein furchtbarer Gedanke durch meinen Kopf: „Hoffentlich ist das kein Kannibale!"

Ich schaute ihn mir genauer an. Er lächelte mir zu und ich entdeckte, dass er zwei große Palmblätter über mich hielt, die mir Schatten spendeten. Er hatte also wohl nichts Böses im Sinn, oder wollte er sein Essen nur frisch halten?

„Zuviel Sonne ist nicht gut für deine weiße Haut!", sagte er zu mir. Ich muss ziemlich dämlich aus der Wäsche geguckt haben, denn nun fragte er: „Kannst du verstehen, was ich sage?" Ich nickte ungläubig, denn ich war verwundert, dass er Englisch sprach.

Daraufhin nickte er, als wäre es selbstverständlich. Dann sagte er: „Meine Freunde kommen gleich mit einer Trage, mit Essen und Trinken; du wirst durstig sein und Hunger haben."

Erst jetzt wurde ich mir eines rumorenden Gefühls im Magen bewusst, aber es war kein hungriges Knurren: Ich musste würgen, und dann schoss ein Strahl bitteres Salzwasser aus mir heraus.

Der Eingeborene nickte zufrieden. Scheinbar hatte er das erwartet. Ich versuchte aufzustehen, aber kaum stand ich auf den Beinen, da drehte sich die Erde wie verrückt, sie schwankte hin und her, und als ich versuchte, die Schwankungen auszugleichen, fiel ich wieder in den Sand. Auch jetzt drehte sich alles. Ich legte mich auf den Rücken, krallte meine Hände in den Sand, um mich festzuhalten, und versuchte, mit den Augen einen festen Punkt über mir zu fixieren, um einen Halt zu finden. Die Schatten spendenden Palmblätter waren dazu am besten geeignet, denn auch jetzt hielt der Eingeborene sie schützend über mich. Mir wurde langsam bewusst, dass es nicht die Erde war, die schwankte, sondern dass mein Gleichgewichtssinn mir einen Streich spielte. Mein Unterbewusstsein wähnte mich wohl noch immer auf dem Meer und in den schaukelnden Wellen.

„Bleibe lieber liegen!", meinte der Eingeborene mit ruhiger Stimme, „es wird dir gleich besser gehen." Ich atmete mehrmals tief ein und aus und spürte beinahe sofort eine wohltuende Wirkung.

„Ich lebe!", schrie ich plötzlich überglücklich. Der Eingeborene schaute mich zuerst etwas erschrocken an, dann lachte er: „Ja, du lebst!" bestätigte er.

Kurze Zeit später kamen mehrere Eingeborene; zwei von ihnen trugen eine Tragbahre, die sie wohl aus Palmblättern um zwei starke Äste geflochten hatten. Andere trugen Obst auf riesigen Blättern und brachten Wasser in Kokosnussschalen. Das Wasser reichten sie mir zuerst, und plötzlich überkam mich ein unglaublicher Durst. Doch die Eingeborenen gaben mir immer nur ein paar Schluck; ich sollte nicht zu schnell und zu viel trinken. Mir schien, sie hatten Erfahrung mit Schiffbrüchigen wie mir. Dann gaben sie mir zwei Bananen – oh, wie süß die schmeckten! Wundervoll!

Auch jetzt mahnten mich die Eingeborenen, langsam zu essen. Ich befolgte ihren Rat, denn ich wollte das Essen schließlich bei mir behalten. Irgendwo hatte auch ich davon gehört, dass halb Verhungerte, die zu schnell essen, das Essen nicht bei sich behalten und sich damit keinen Gefallen tun.

Nach dem wunderbaren Mahl ging es mir ein ganzes Stück besser. Dennoch bestanden die Eingeborenen darauf, dass ich mich auf die Trage legen sollte. Vorsichtig trugen sie mich davon. Es ging zunächst zwischen Palmen hindurch, aber schon kurze Zeit später begann ein dichter Urwald, durch den ein nur schwer erkennbarer Pfad führte. Zahllose Vogelstimmen begleiteten uns.

Irgendwann erreichten wir eine Lichtung, die von runden Hütten umgeben war. In der Mitte war ein großer Platz, auf dem das Dorfleben der Eingeborenen stattfand. Mich brachte man zu der Hütte des Mannes, der am Strand neben mir gesessen hatte. Die Tragbahre wurde samt mir auf den Boden im Schatten gestellt, und sofort kam eine junge Frau und steckte mir Früchte in den Mund.

„Das muss das Paradies sein", stellte ich in Gedanken fest. Als ich meinen Mund leer gekaut hatte, fragte ich meinen Retter: „Wo bin ich hier eigentlich? Wie heißt diese Insel? Ich bin doch auf einer Insel, oder?"

„So viele Fragen auf einmal", antwortete er, „unsere Insel heißt Tränanien. Alles Weitere, was du wissen möchtest, wird dir heute Abend unser Häuptling erzählen, wenn er zurückkommt. Er ist mit einigen Männern beim Fischfang."

Ich streckte mich aus. Mich überfiel wieder eine große Müdigkeit, und schon befand ich mich erneut im Land der Träume. Ich träumte wieder von den fantastischen Regenbögen. Noch nie hatte ich Regenbögen in solcher Zahl und in solchen Farben gesehen. Ein strahlendes Weiß ging über in ein leuchtendes Gelb. Dann folgte ein intensives Rot, das sich in einem blühenden Violett verlor. Das Violett mündete in ein himmlisches Blau und dieses wuchs in ein kräftiges Grün hinein. Dann jedoch folgte ein eher untypisches, erdfarbenes Braun, ein wolkenhaftes Grau, und das Ganze endete dann in einem dünnen schwarzen Streifen. Ob es die Regenbögen hier auf der Insel tatsächlich gibt oder ob sie nur meiner Vorstellung entspringen? Ich werde heute Abend den Häuptling fragen. Eine weitere Frage tauchte plötzlich auf: Würde ich den Rest meines Lebens hier auf der Insel verbringen müssen, oder gab es irgendwelchen Kontakt zur Außenwelt? Auch diese Frage würde ich dem Häuptling heute Abend stellen.

Als ich erwachte, war es bereits dunkel und mitten auf dem Platz brannte ein Lagerfeuer. Ich erhob mich langsam; der Schwindel vom Nachmittag war verschwunden und ich konnte normal laufen, ohne zu schwanken oder hinzufallen. Kaum hatte man mich entdeckt, kam schon mein Retter, nahm mich an die Hand und führte mich zum Häuptling, der am Lagerfeuer saß. Der Häuptling hatte einen dicken Bauch und saß da wie eine Buddha-Figur. Er war fast überall am Körper tätowiert. Vor sich auf den Knien hatte er ein großes Blatt, wie es hier wohl als Teller diente, und darauf lagen die Reste eines großen Fisches, den der Häuptling soeben gegessen hatte. Er lächelte mir zu, zeigte auf den freien Platz neben sich und deutete mir an, mich zu ihm zu setzen. Kaum hatte ich mich hingesetzt, kam eine Frau und legte mir ein großes Blatt mit einem frisch gebratenen Fisch auf die Knie.

„Iss!", forderte mich der Häuptling auf, „damit du wieder zu Kräften kommst." Während des Essens setzte sich plötzlich an der anderen Seite des Häuptlings ein Mann hin, der ziemlich europäisch aussah. Er beugte sich etwas vor und sagte zu mir: „Hallo, ich bin Tom. Ich stamme aus England und bin genauso ein Schiffbrüchiger wie du." Zunächst war ich erstaunt, dann antwortete ich ihm: „Ich bin Andy aus Deutschland. Jetzt weiß ich auch, warum hier so ein gutes Englisch gesprochen wird." Tom grinste: „Ja, alle hier haben sich bemüht, mir zuliebe Englisch zu lernen." „Wie lange bist du denn schon hier?", wollte ich nun wissen. „Ich weiß es nicht so genau", meinte Tom, „Zeit ist hier nicht so wichtig. Ich denke, es werden fünf oder sechs Jahre sein."

„Gibt es denn keine Möglichkeit, von hier wieder zurück in die Zivilisation zu gelangen?", die Frage brannte mir auf der Zunge. Der Häuptling stellte eine Gegenfrage: „Möchtest du denn wieder zurück?"

„Wenn es möglich ist, sehr gerne. Vor meiner Reise habe ich mich in eine Frau verliebt und wir wollen heiraten. Außerdem würde ich meine Eltern und Geschwister gerne wiedersehen."

„So soll es sein!", mehr sagte der Häuptling nicht, aber ich bemerkte, wie er meinem Retter ein Zeichen gab.

Wir unterhielten uns weiter, ohne näher auf die Möglichkeit der Rückkehr einzugehen. Nach einiger Zeit erzählte ich dem Häuptling von den Regenbögen in meinen Träumen, und dass ich sie hier auf der Insel ebenfalls gesehen hätte. „War das eine Illusion? Oder gibt es diese zauberhaften Regenbögen tatsächlich?", fragte ich ihn. „Ja!", antwortete der Häuptling, „die Regenbögen auf Tränanien sind einzigartig. Das hat auch einen bestimmten Grund." Und so erfuhr ich die einzigartige Geschichte der Tränensammler:

„Vor sehr langer Zeit gab es auf Tränanien zwei unsichtbare Lebewesen, die Tränensammler. Der eine Tränensammler, der sammelte die Freudentränen, und der andere die Tränen des Leides und der Schmerzen. Es gab eine Waage mit zwei Behältern: Auf der einen Seite wurden die Freudentränen eingefüllt und auf der anderen die Tränen des Leides und der Schmerzen. Würde eines Tages eine Seite der Waage bis zum Anschlag überwiegen, so wäre Tränanien dazu verurteilt, für immer in der entsprechenden Gefühlslage zu bleiben, in Freude oder in Leid.

Der Tränensammler des Leides versuchte mit allen Mitteln durchzusetzen, dass die Waage zu seinen Gunsten ausschlug. Fleißig sammelte er auch jede noch so kleine Träne des Leides und der Schmerzen ein, und nicht selten schlug die Waage bedenklich in seine Richtung aus. Doch immer wieder gelang es dem Tränensammler der Freude, genug Tränen einzusammeln, um die Waage wieder ins Gleichgewicht zu bringen.

Doch irgendwann brach eine Zeit der Not über Tränanien herein und der Tränensammler des Leides hatte leichtes Spiel. Zusätzlich gelang es ihm hin und wieder, den Tränensammler der Freude aufzuhalten oder abzulenken, wenn jemand Freudentränen weinte, und so versickerten die Freudentränen im Sand. Bald würde er am Ziel sein. Er stellte sich vor die Waage, die schon sehr stark in seine Richtung ausschlug, rieb sich die Hände und führte einen Freudentanz auf. Doch seine Freude wurde so stark, dass er nicht bemerkte, wie ihm selbst plötzlich viele Freudentränen über die Wange kullerten. Der

Tränensammler der Freude fing diese vielen und großen Freudentränen auf, und als er sie zur Waage brachte, schlug diese plötzlich bis zum Anschlag in Richtung der Freude aus.

Der Tränensammler des Leides tobte und wütete, er stieg hinauf zum Himmel und bildete dort große, dicke und schwarze Wolken. Es gab ein ungeheures Gewitter und plötzlich regnete es bittere, salzige Tropfen in unglaublicher Menge. Es regnete so lange, dass daraus das Meer entstand. Dann jedoch veränderte der Himmel sein Aussehen, helle Wolken erschienen am Himmel, es regnete süßes Wasser, das die Bäche und Seen füllte. Dann kam die Sonne, und über ganz Tränanien erschienen zum ersten Mal die kunterbunten Regenbögen, die du in deinen Träumen und in der Wirklichkeit gesehen hast. Seit dieser Zeit leben wir in Tränanien in ständiger Freude und Liebe. Damit das so bleibt, soll jedoch kein Außenstehender erfahren, wo Tränanien liegt; es könnte sonst leicht um unser Glück geschehen sein."

Ich war stumm. Was für eine fantastische Geschichte, und sie musste wohl wahr sein, denn ich hatte die Regenbögen ja selbst gesehen, und von einer Insel namens Tränanien hatte ich noch nie gehört oder gelesen, geschweige denn sie auf einer Seekarte gesehen.

„Wenn ich zurückkehren könnte," begann ich zögerlich, „würde ich niemandem erzählen, wo Tränanien liegt; das verspreche ich euch." „Das weiß ich!", antwortete der Häuptling voller Überzeugung. Wieder gab er meinem Retter ein Zeichen, und dieser brachte mir ein Stück Bambusrohr, das ein Trinkgefäß war. Der Inhalt roch süß und fruchtig. „Trink!", forderte mich der Häuptling auf, „Das ist ein ganz spezielles Getränk, das du nur hier auf Tränanien bekommst." Es schmeckte unglaublich. Als würde ich den Saft sämtlicher Früchte auf einmal schmecken. Schluck für Schluck genoss ich das herrliche Getränk. Danach könnte man süchtig werden.

Doch plötzlich wurde ich furchtbar müde. Es fiel mir unglaublich schwer, meine Augenlider offenzuhalten. Mit einem letzten Blick auf den Häuptling sah ich, dass dieser mich lächelnd beobachtete, dann kippte ich zur Seite und sank in einen tiefen Schlaf.

„He, Monsieur!", jemand rüttelte mich an der Schulter, „he, Monsieur, wachen Sie auf." Ich schlug die Augen auf und schaute mich überrascht um. Ich lag an einem Strand, im Hintergrund jedoch standen Häuser und davor verlief eine Straße, auf der mehrere Autos fuhren. Der Mann neben mir trug einen weißen Anzug, in der Hand hatte er einen Spazierstock, und im Gesicht trug er einen Schnauzbart, wie er bei Franzosen üblich ist.

„Wo bin ich hier?", fragte ich den Mann. „Oh, dies ist die Insel Mangaréva", antwortete er mir mit französischem Akzent, „aber warum wissen Sie nicht, wo Sie sind? Zuviel getrunken, eh?" Er lächelte verstehend. „Nein! Ich ... mein Boot. Der Sturm. Aber ...", mir war ganz wirr im Kopf. „Ah, ich verstehe! Sie sind ein Schiffbrüchiger. Geht es Ihnen gut? Brauchen Sie Hilfe?"

Ich verstand nicht recht — wie war ich von Tränanien hierhergekommen? Oder war Tränanien nur ein Traum und ich hier vom Sturm an diesem Strand angespült worden? Ich tastete meinen Körper ab, gebrochen hatte ich mir nichts, aber in der Brusttasche meines trockenen Hemdes steckte ein zusammengefaltetes, vergilbtes Papier. Ohne den Mann neben mir zu beachten, entfaltete ich das Papier und las, was da jemand mit Bleistift draufgeschrieben hatte.

Hallo Andy, entschuldige, dass wir dich auf diese Weise zurückgebracht haben, aber niemand soll erfahren, wo unsere Insel liegt. Glaube mir, so ist es auch für dich einfacher. Ich habe eine Bitte an dich, würdest du meinen Eltern die zweite Seite dieses Schreibens zukommen lassen? Sie sollen wissen, dass ich noch lebe und dass sie mittlerweile dreifache Großeltern sind. Die Anschrift steht auf der Rückseite. Vielen Dank! Tom

Also war Tränanien doch kein Traum gewesen. Sie hatten mich zurückgebracht. In dem Getränk musste ein starkes Schlafmittel gewesen sein. „Gibt es hier eine Botschaft oder ein Konsulat?", fragte ich den Mann im weißen Anzug. „Oui oui, ja, natürlisch!", antwortete er mit seinem französischen Akzent und nickte dabei eifrig, dann führte er mich hin.

Ein Lächeln zu Weihnachten

Robert verstand die Welt nicht mehr. Alles, an das er bisher geglaubt hatte, seine wundervolle, harmonische Welt, sein ganzes bisheriges Leben brach plötzlich zusammen. Ihm war, als würde unter ihm der Fußboden wegbrechen und er ins Bodenlose fallen. Wie betäubt wartete er auf den Aufschlag, der logischerweise irgendwann kommen musste.

Aber er kam nicht.
Robert fiel und fiel.
Tiefer und immer tiefer.

„Was ist denn mit dir los?", hörte Robert plötzlich eine Stimme, die wie aus einem dichten Nebel undeutlich zu ihm vordrang. Langsam, ganz langsam hob sich der Schleier, der Robert umgeben hatte. Er stellte fest, dass er in irgendeiner Bar an der Theke stand und ein Whiskeyglas in der Hand hielt. Neben ihm stand sein Freund John.
Da Robert nicht antwortete, fragte John ihn erneut: „Ist alles in Ordnung? Du siehst grauenvoll aus." Jetzt erst konnte Robert antworten und er war selbst überrascht, dass er dabei lallte: „Danke für das Kompliment!"

Da John ihn entsetzt anstarrte, erklärte ihm der Barmann, der ihnen gegenüberstand, indem er auf Roberts Whiskey zeigte: „Ist sein fünfter!"

John nahm Robert das Whiskeyglas aus der Hand, stellte es dem Barmann hin und sagte: „Würden Sie uns bitte zwei Kaffee machen und nach da drüben bringen?" Er zeigte auf einen freien Tisch. Der Barmann nickte und John führte Robert an den freien Tisch, an dem die beiden Platz nahmen.

„So", sagte er dann zu Robert, „und nun erzähl mal, was ist passiert?" Robert starrte vor sich hin, und erst nach einer Weile antwortete er: „Julia geht fremd. Sie hat einen anderen."

John war sprachlos. Er schüttelte den Kopf und stammelte: „Nein ... das ... das glaub ich nicht. Doch nicht Julia?!" Aber Robert nickte: „Doch!" Und mit Tränen in den Augen fuhr er fort: „Ich habe die beiden heute Nachmittag erwischt, als ich früher als sonst von der Arbeit nach Hause kam."

Zwei Wochen später klingelte John an der Haustüre von Robert und Julia. Julia öffnete ihm und er fragte sie: „Ist Robert zu Hause?" Julia schüttelte überrascht den Kopf: „Nein. Er hat vor zwei Wochen einen Koffer gepackt und ist gegangen. Ich dachte, er wäre bei dir."

Nun schüttelte John den Kopf: „Nein. Er ist seit zwei Wochen nicht bei der Arbeit erschienen. Ich dachte erst, er hätte sich krankgemeldet, aber heute kam der Chef zu mir und fragte, ob ich wüsste, was mit Robert los ist. Wenn er morgen wieder nicht erscheint, wird er gekündigt. Ich wollte schon viel früher kommen, aber unsere Tochter liegt, wie du sicher weißt, im Krankenhaus, und so hatte ich keine Zeit."

Erschrocken hielt Julia sich die Hände vors Gesicht und sagte mit weinerlicher Stimme: „Er wird sich doch nichts angetan haben." John schüttelte den Kopf: „Nein, das glaub ich nicht. Dann hätte er keinen Koffer mitgenommen."

Robert lag auf einem zerbrechlich wirkenden Bett in einem billigen Hotel in einer anderen Stadt. Immer, wenn sein Verstand drohte, nüchtern zu werden, griff er nach der Schnapsflasche, um sämtliche Gedanken im Alkohol zu ersäufen. Er hatte noch genug Vorrat und das Zimmer war noch für zwei weitere Wochen im Voraus bezahlt.

Anfangs hatte er daran gedacht, sich das Leben zu nehmen, aber zum einen hatte er dazu nicht den Mut und zum anderen wollte er das seinen beiden Kindern nicht antun.

Seiner Tochter Ramona, die schon fünfundzwanzig war und gerade fertig studiert hatte, und seinem Sohn Markus, der mit seinen dreiundzwanzig Jahren bei einer Spedition arbeitete. Robert war ein Familienmensch und hatte sich schon darauf gefreut, dass die beiden vielleicht bald heiraten würden und Julia und ihn zu Großeltern machten. Und nun? Schnell griff er wieder zur Schnapsflasche.

„Wenn Sie kein Geld mehr haben und Ihr Zimmer nicht bezahlen können, dann können Sie hier auch nicht wohnen bleiben. Wir sind doch kein Wohlfahrtsverein!", mit diesen Worten warf der Hotelangestellte zwei Wochen später die Tasche von Robert auf die Straße und schickte ihn selbst gleich hinterher.

Robert torkelte, hob schwankend seine Tasche auf und lief ziellos durch die Stadt. Es war schon Anfang Dezember und unangenehm kalt. Irgendwann wurde ihm seine Tasche zu schwer, er überlegte kurz, ob sich etwas Wichtiges in der Tasche befand, und da er nicht dieser Meinung war, stellte er sie neben einen Müllcontainer und lief einfach weiter. Er ging in ein Kaufhaus, wo es angenehm warm war, schlich von Abteilung zu Abteilung und tat so, als würde er sich die Ware betrachten.

Aber irgendwann bekam er Hunger, und auch der letzte Alkohol, den er getrunken hatte, verlor langsam seine Wirkung. Er durchwühlte seine Manteltaschen, fand aber nur ein wenig Kleingeld. Es würde immerhin für ein Wurstbrötchen reichen. Nachdem er das Wurstbrötchen gegessen hatte, machte sich ein starkes Verlangen nach Schnaps oder sonstigem Alkohol bemerkbar und er überlegte, wie er an etwas Geld kommen könnte. Schon kam der Gedanke auf, sich den Schnaps irgendwo zu stehlen. Entsetzt über sich selbst verwarf Robert diesen Gedanken ganz schnell. Er war sein Leben lang ehrlich gewesen und würde es auch jetzt bleiben.

Er verließ das Kaufhaus und wanderte durch die Stadt. Nach einiger Zeit kam er in den Park. In Gedanken suchte er sich schon eine Parkbank für die Nacht aus, als er über eine weggeworfene Plastikflasche stolperte. „Eine Pfandflasche", sagte er vor sich hin und hob sie auf. Nun wusste er, wie er an etwas Geld kommen würde. Eiligen Schrittes ging er durch den Park; von Abfalleimer zu Abfalleimer führte ihn sein Weg, und jeden dieser Abfalleimer durchstöberte er nach Pfandflaschen.

In einem der Abfalleimer fand er eine Plastiktüte von einem Supermarkt, darin konnte er die Pfandflaschen transportieren. Er, der noch vor wenigen Wochen im Büro am Schreibtisch saß, sammelte nun Pfandflaschen, aber das wurde ihm nicht einmal bewusst, so sehr war er darauf fixiert, genug Flaschen zu finden.

Wie merkwürdig ihn die Leute anschauten, als er mit einem Sechserpack Bier an der Kasse stand und diesen mit einem Pfandzettel bezahlte! Er schämte sich, kratzte die paar Münzen zusammen, die ihm die Kassiererin noch hingelegt hatte, und verließ schnell den Supermarkt.

Sein Äußeres verwilderte von Tag zu Tag, sein Bart wuchs, weil er sich nicht mehr rasieren konnte, und seine Kleidung wurde immer schäbiger. Die Menschen, die ihm begegneten, schauten ihn an, als würden sie sich vor ihm ekeln.

Aber mit den Pfandflaschen kam er immer besser zurecht, er wusste bald ganz genau, wo und wann die Chancen am größten waren, fündig zu werden. Er lernte auch schnell, wie er die kalten Nächte überstehen konnte und wo er kostengünstig etwas zu essen bekam. So vergingen die Tage. Robert dachte nicht daran, ob seine Kinder sich Sorgen um ihn machten und nach ihm suchten. Seine Frau würde ihn jedenfalls nicht vermissen; die hatte ja den anderen.

Robert versteckte sich mehr und mehr vor den Menschen und er hasste die Minuten, die er im Supermarkt zubringen musste, um die Pfandflaschen einzuwerfen und sich mit neuem Alkohol und ein wenig Essbarem zu versorgen. Wie ihn die Menschen dort entsetzt anstarrten und ihm aus dem Weg gingen!

An Heiligabend ging er vormittags in den Supermarkt. Heute Abend würde es so weit sein, dachte er. Mit genug Schnaps schaff ich es bestimmt, die Welt von mir zu befreien. Er würde eine der leeren Schnapsflaschen zerbrechen und sich mit einer scharfen Glasscherbe die Pulsadern aufschneiden.

Er hatte fleißig Pfandflaschen gesammelt und ging mit zwei Schnapsflaschen unter dem Arm in Richtung Kasse, das würde reichen. Voller Entsetzen wichen die Leute in den Gängen ängstlich vor ihm zurück. Einige beschimpften ihn sogar.

„Nun will kein Mensch mehr etwas mit mir zu tun haben. Bald seid ihr von mir erlöst", dachte er sich, als er sich schwankend der Kasse näherte. An der Kasse stand eine Frau, die soeben ihre Waren aus dem Einkaufswagen nahm und auf das Band legte. Hinten im Einkaufswagen saß ein kleines Kind, fast noch ein Baby. Als Robert sich dahinter anstellte und seine Schnapsflaschen auf das Band legte, begann das Kind plötzlich damit, ihn aus vollem Herzen freundlich anzulächeln. Das Kind hatte keine Vorurteile ihm gegenüber. Sein Aussehen störte das kleine Wesen nicht. Nein, das Kind lächelte ihn an, als sei er sein Großvater oder der Nikolaus persönlich.

Robert war geschockt. Es war, als würde er aus einem schrecklichen Traum aufwachen. Sonst mieden die Menschen ihn und schauten ihn entsetzt und angeekelt an, aber nun? „Es gibt tatsächlich noch jemanden, der mich liebt", flüsterte er vor sich hin und betrachtete das Kind. Dann sprach er leise weiter: „Du musst das Christkind sein." Das Kind lachte ihn weiter an und streckte ihm sogar seine kleinen Hände entgegen.

Ohne recht zu wissen, was er tat, ließ er die Schnapsflaschen auf dem Band liegen und verließ fluchtartig den Supermarkt. Erst irrte er eine Weile durch die Stadt, dann saß er plötzlich auf seiner Parkbank und weinte wie noch nie zuvor in seinem Leben.

Später, es war bereits dunkel, da schlich er sich heimlich in die Kirche. Die Kirche war voller Menschen, aber ganz hinten an der Wand stand in einer dunklen Ecke noch ein leerer Stuhl. Hier nahm Robert Platz und lauschte der Weihnachtsbotschaft. Irgendwann musste er eingeschlafen sein. Als er aufwachte, war die Kirche leer und vor ihm stand der Pfarrer.

„Kommen Sie!", der Pfarrer streckte ihm seine Hand entgegen und sagte, „haben Sie Lust, Weihnachten mit meiner Familie und mir zu feiern? Sie sind herzlich eingeladen."

Im Haus des Pfarrers durfte Robert ein Bad nehmen und bekam frische, saubere Kleider zum Anziehen.

Ach, was war das für ein wundervolles Weihnachtsfest! Genau wie früher, als seine eigenen Kinder noch klein waren. Robert kannte sogar die Lieder, die vor dem herrlich geschmückten Weihnachtsbaum gesungen wurden, und konnte, wenn auch etwas schüchtern, mitsingen.

Die Nacht verbrachte er in einem unglaublich weichen Bett; er konnte zunächst gar nicht einschlafen, denn so ein weiches, warmes Bett war er nicht mehr gewohnt. Leise fing er an zu beten und sich zu bedanken.

Der Pfarrer und seine Frau halfen ihm, wieder auf die Beine zu kommen. Bei einem Mann aus der Kirchengemeinde, der eine kleine Firma hatte, fand er Arbeit, und nach einiger Zeit nahm er Kontakt zu seinen Kindern auf, die sich riesig freuten, ihren Vater gesund und munter wiederzuhaben. Sie hatten verzweifelt nach ihm gesucht.

Muttertag

„Vati, morgen ist Muttertag! Wir müssen unbedingt Blumen besorgen. Wir dürfen den Muttertag dieses Mal auf keinen Fall verpassen", drängelte der kleine Leon seinen Vater. „Ja!", antwortete der Vater, „du hast recht! Den Muttertag dürfen wir nie wieder vergessen. Komm, lass uns gleich zum Blumenladen gehen und die Blumen aussuchen."

Gesagt, getan. Im Blumengeschäft war eine lange Schlange von Kunden vor der Ladentheke, und so gingen Vater und Sohn im Geschäft umher, um gemeinsam einen wundervollen Blumenstrauß für den Muttertag auszusuchen.

Plötzlich blieben sie sprachlos vor einem riesigen, bunten und einfach wundervollen Strauß stehen. Leon schaute hoch zu seinem Vater. Da sah er, dass sein Vater Tränen in den Augen hatte.

„Der ist perfekt!", sagte Leon, drückte die Hand seines Vaters und dieser nickte. „Ja, den nehmen wir."

Da kam auch schon eine Verkäuferin, beglückwünschte die beiden zu ihrer guten Wahl und verpackte den fantastischen Blumenstrauß behutsam.

Dieses Mal hatten sie an den Muttertag gedacht.

Am nächsten Morgen standen die beiden früh auf, holten gemeinsam den großartigen Blumenstrauß, um ihn der Frau und Mutter zum Muttertag zu schenken und sich damit für all die Mühen und ihre Liebe zu bedanken.

„Wir werden den Muttertag nie wieder vergessen!", versprach der kleine Leon mit Tränen in den Augen, als er zusammen mit seinem Vater den Blumenstrauß auf das Grab seiner Mutter legte.

Ein Stückchen Torte für fünf Mark

Neulich war ich beim Bäcker und entdeckte eine Sachertorte. Mjam, sowas hatte ich schon lange nicht mehr gegessen. Also habe ich mir ein Stück für 2,55 € gegönnt und mit nach Hause genommen. Pünktlich um 16 Uhr gab es dann feinen Kaffee und die wundervolle Sachertorte. Oh, war das lecker!

Kaum war ich fertig, da erschien ein Engelchen auf meiner linken Schulter. Es hatte ein herrlich strahlendes, weißes Gewand an und zwei wunderschöne Flügel auf dem Rücken. Mit einer zauberhaften Stimme sprach es zu mir: „Gut gemacht! Schön, dass du dich belohnt hast." Ich strahlte über das ganze Gesicht und musste an meine Zeit bei der Marine denken; da gab es jeden Donnerstag, dem sogenannten Seemannssonntag, Kaffee und Kuchen.

Wie eine Seifenblase zerplatzte plötzlich meine Erinnerung, und aus dem Augenwinkel sah ich auf meiner rechten Schulter ein kleines Teufelchen sitzen. Es war ganz in Rot gekleidet, hatte einen schwarzen Dreizack in der Hand, und ich spürte regelrecht, wie es mich vorwurfsvoll anblickte.

Kopfschüttelnd meinte es: „Bist du wahnsinnig? Weißt du eigentlich, was du da getan hast?" Nun wurde mir etwas flau im Magen, und schuldbewusst dachte ich an die vielen Kalorien. Aber schon kam der positive Gedanke, dass ich das doch vertragen kann. Schließlich habe ich Idealgewicht und keinen Bauch. Aber das war es wohl nicht, was das Teufelchen meinte. Mit dunkelrot zornigem Kopf rief es mir ins Ohr: „Du hast FÜNF Mark für ein kleines Stückchen Torte ausgegeben!" Seine Stimme überschlug sich regelrecht. Ich musste schlucken – was hatte ich getan?

Irgendwie lag mir das Tortenstück nun schwer im Magen. Im Kopf begann ich zu rechnen; 2,55 € mal 1,95583 macht? Das Teufelchen hatte recht, knapp fünf Mark. Schon fuhr das Teufelchen fort: „Mal ehrlich, hättest du früher fünf Mark für ein Stück Torte ausgeben?" „Nein, ich denke nicht", bestätigte ich. „Aber es gibt nun mal die Inflation, das Geld wird immer weniger wert. Die Preise steigen eben mit der Zeit", versuchte ich mich zu rechtfertigen.

Da mischte sich das Engelchen auf der linken Schulter ein und meinte: „Genau so ist es!" Und zum Teufelchen gewandt sagte es: „Das Einkommen ist doch auch deutlich gewachsen. Was willst du überhaupt? Rede ihm kein schlechtes Gewissen ein." Die beiden begannen sich zu streiten, dabei entfernten sie sich von mir, und ich blieb mit meinen Gedanken allein zurück.

Fünf Mark für ein Stück Torte?! Was hätte man früher alles für fünf Mark bekommen? Wie lange musste man für fünf Mark arbeiten? Und plötzlich hatte ich eine Erinnerung im Kopf: Ich war etwa 13 Jahre alt, da habe ich einem Bauern aus der Nachbarschaft einige Tage bei der Kartoffelernte geholfen. Die Kartoffeln wurden damals noch von Hand aufgelesen und in große Jutesäcke getan. Am Nachmittag durfte ich dann mit dem Traktor langsam über das Feld fahren, und die Erwachsenen luden die schweren Kartoffelsäcke auf den Anhänger. Jeden Abend gab es dann auf dem Bauernhof ein zünftiges Vesper. Selbst gebackenes Bauernbrot, Leberwurst oder Bratwurst aus eigener Schlachtung, eingemachte Gurken aus dem Garten der Bäuerin. Ach, es schmeckte so viel besser als zu Hause.

Zum guten Schluss bekam ich für meine Arbeit noch einen ganzen Sack voll Kartoffeln, den der Bauer vor unsere Haustür stellte. Von meiner Mutter bekam ich dafür … ja, genau, fünf Mark.

Plötzlich war ich wieder im Hier und Jetzt und dachte erschrocken:

„Ich hab einen ganzen Sack voll Kartoffeln gegessen!"

Das blaue Tuch der Ewigkeit

Das blaue Tuch der Ewigkeit

flieht in sanften Wellen über das salzige Meer,

dem Meer aus den Tränen meiner Traurigkeit,

und ich sehne mich so sehr,

dass deine Lippen meine Tränen berühren,

dann werden wir beide es ewig spüren,

denn wir verschmelzen zu purem Glück.

*D*ankeschön, dass du dieses Buch gekauft und gelesen hast. Ich hoffe, die Geschichten und Gedichte haben dir gefallen und waren unterhaltsam.

Ich würde mich freuen, wenn du dieses Buch weiterempfiehlst oder eventuell weitere Exemplare an Freunde und Verwandte verschenkst.

Vielen Dank!

Ein herzliches Dankeschön an Angela Hochwimmer für die großartige Zusammenarbeit.

Andreas Petz